Pari mortel

R.L. STINE

R.L. Stine est né en 1943, à Bexley, Ohio. Fils aîné d'une famille modeste, il découvre une vieille machine dans son grenier et décide d'écrire son premier recueil d'histoires drôles. Diplômé de l'université d'Ohio, il part en 1967 pour New York dans l'espoir de s'y voir consacrer écrivain. Il sera d'abord rédacteur en chef du magazine humoristique pour enfants Bananas. *Un an plus tard, il y rencontre sa femme, Jane, avec qui il aura un fils, Matt.*

Il décide alors de se lancer dans un genre nouveau : les livres d'épouvante pour les jeunes. Il connaît un énorme succès et chacun des ses livres est un best-seller. Quand on lui demande d'où lui viennent ses idées, il répond s'inspirer du mode de vie et du langage de son fils, auxquels il mêle les frayeurs du petit garçon qu'il était.

Il vit depuis plus de vingt ans à Manhattan où il écrit tous les jours dans son appartement près de Central Park.

R.L. Stine

Pari mortel

Traduit de l'américain
par Patricia Rainvoisié

Éditions J'ai lu

Titre original :
FEAR STREET™ - TRUTH OR DARE
An Archway Paperback published by Pocket Books,
a division of Simon & Schuster Inc., New York

1

La longue limousine blanche roulait rapidement sur la chaussée défoncée. Confortablement installés à l'arrière, mes trois amis et moi ne ressentions qu'un léger tressautement de temps à autre.

– Cette voiture est fabuleuse ! s'exclama Ken. Je m'achèterai la même à ma sortie du lycée.

Jenny, sa petite amie, lui envoya un coup de coude dans les côtes.

– Tu peux toujours rêver ! se moqua-t-elle. Tu n'as même pas fini de rembourser la réparation de ta moto à ton père.

Jenny, Ken et moi étions assis les uns à côté des autres, à demi engloutis par la profonde banquette de cuir crème. Face à nous, Josh Berman nous écoutait sans un mot. Aucun de nous ne connaissait Josh qui n'était pas de notre lycée ni du quartier de Shadyside. Depuis que nous étions passés le prendre devant chez lui, il n'avait quasiment pas ouvert la bouche. J'en déduisais que Josh était un garçon timide. Cela mis à part, je le trouvais plutôt « mignon », bien qu'assez mince et petit. Il avait de grands yeux aussi sombres que ses cheveux qu'il dissimulait derrière de grosses lunettes qu'il remontait constamment sur son nez d'un geste nerveux.

Pendant que nous roulions, il regardait par la fenêtre, ne se tournant vers nous que pour rire, parfois, à certaines de nos plaisanteries. Jamais il n'émettait un commentaire.

– A toi aussi, j'offrirai une limousine, April, me dit Ken avec un sourire. De quelle couleur la veux-tu ?

– Vert pomme, répondis-je au hasard. Oh ! J'aimerais également en avoir une bleu ciel pour les week-ends. Avec un intérieur crème, comme celui-ci.

– Pas de problème. Et une limousine vert pomme pour mademoiselle April Leeds ! Après tout, je ne vois pas pourquoi Dara serait la seule à pouvoir s'en offrir une.

– Parce que Dara, elle, est riche, rappelai-je à Ken.

Cette précision était d'ailleurs totalement inutile. Ken savait que Dara était riche. Elle nous le répétait assez souvent.

– Où est Dara ? demanda brusquement Josh.

C'était la première fois qu'il parlait de sa propre initiative, ce qui lui valut un regard surpris de notre part.

– Elle m'avait dit qu'elle ferait la route jusqu'au chalet avec nous, précisa-t-il comme s'il cherchait à s'excuser de sa soudaine intervention.

– Dara, faire la route avec des paysans comme nous ? Tu plaisantes ! s'exclama Ken.

Jenny et moi éclatâmes de rire, mais pas un muscle du visage de Josh ne bougea.

– Dara doit descendre en Jeep avec ses parents, précisai-je alors. Comme ça, nous aurons un 4 × 4 pour nous déplacer. Avec la neige, c'est plus sûr.

Jenny jeta un coup d'œil par la vitre et grimaça.

– La neige ? Quelle neige ?

Avec le soir était tombée une fine bruine glacée qui habillait d'une couche de givre argenté les toits des fermes et la terre retournée des champs. Pourtant, en dépit de la température, pas un flocon de neige ne montrait le bout de son nez.

– J'ai écouté la météo, reprit Jenny en rejetant une mèche de ses cheveux châtains en arrière. J'écoute toujours la météo avant de partir quelque part. Ils ont annoncé...

– ... des risques de verglas, acheva Ken. Mais pas de neige.

Je retins un soupir agacé. Jenny et Ken sortaient ensemble depuis si longtemps qu'ils pouvaient achever leurs phrases respectives. Comme un vieux couple !

D'ailleurs, ils se disputaient déjà comme un vieux couple, se jetant à la tête des insultes plus horribles les unes que les autres avant de s'embrasser tendrement comme si rien ne s'était passé.

Je les avais vus se comporter ainsi des centaines de fois et, bien que Jenny soit ma meilleure amie, je dois avouer que cette attitude me dégoûtait parfois...

A moins qu'il ne s'agisse de jalousie...

Il est vrai que Jenny est très belle et que j'aurais beaucoup aimé lui ressembler. Avec son fin visage ovale, sa peau mate, ses grands yeux bleus, et ses beaux cheveux lisses aux reflets cuivrés, elle est sans conteste la plus jolie fille du lycée. Et, comble de l'injustice, elle possède un adorable petit derrière. Tandis que moi, avec mes grandes jambes osseuses, je ressemble à un garçon... Ce que mon charmant petit frère ne manque jamais une occasion de me faire remarquer !

Le plus étrange, c'est qu'avec tous ces atouts Jenny ne se sent pas du tout sûre d'elle. Elle est même atteinte d'une timidité maladive qui la rend écarlate dès qu'un professeur l'interroge en classe ou qu'un garçon inconnu l'aborde à une soirée. Je suppose que cela explique pourquoi elle s'agrippe à Ken de cette manière.

Enfin, il faut reconnaître qu'elle aurait pu tomber plus mal ! Ken est adorable avec elle, et un tas de filles du lycée rêvent de sortir un jour avec lui. Il est vrai qu'il n'est pas mal du tout, avec ses épais cheveux bruns, ses yeux noirs d'Italien, et surtout ses épaules larges et musclées.

– Quelle sorte de 4 × 4 les parents de Dara possèdent-ils ? demanda Jenny. Une Renegade ?

Ken haussa les épaules.

– Tu plaisantes ! Elle ne peut avoir qu'un Cherokee. C'est le plus gros 4 × 4 qui existe. Ça ressemble à un camion.

– S'il ne neige pas, nous allons nous ennuyer à mourir, soupirai-je.

– Vous peut-être, mais pas nous, répondit Ken en plongeant son regard dans celui de Jenny.

Il lui sourit et ils s'embrassèrent.

Etait-ce mon destin de passer la moitié de mon temps à regarder Jenny et Ken s'embrasser ?

Je me tournai vers Josh.

– A quel lycée vas-tu ?

Il s'éclaircit la gorge et repoussa ses lunettes sur son nez.

– Cumberland.

Il portait un sweat rouge et un jean bleu délavé.

– Quelle classe ?

– Première.

– Moi aussi. Comment as-tu rencontré Dara ?

Sans cesser de contempler la nuit à travers la vitre, Josh répondit :

– Nos pères travaillent dans le même cabinet d'avocats. Nous sommes partis en vacances ensemble à Cape Cod, l'été dernier. Comme je n'avais rien de prévu ce week-end, j'ai demandé à Dara si je pouvais venir skier avec vous.

– Ah ! Donc, tu connais bien Dara.

– Oui. Assez bien.

Josh était toujours à demi tourné, mais il me sembla voir ses joues s'empourprer.

Le silence retomba autour de nous. Décidément, entretenir une conversation avec ce garçon relevait du défi. Je commençais à avoir épuisé toutes les questions. Pourquoi, lui, ne me demandait-il rien ?

– Nous ne connaissons pas beaucoup Dara, repris-je finalement. Ses parents viennent juste de s'installer à Shadyside. C'est pourquoi j'ai été un peu surprise l'autre jour qu'elle m'invite à venir skier avec elle ce week-end. Il paraît que son chalet est magnifique. Elle a ajouté que je pouvais inviter Ken et Jenny, et nous voilà.

Pour tout commentaire, Josh se contenta de hocher la tête.

Je commençais à le trouver pénible. Je n'avais jamais aimé le genre ténébreux maussade. Puisqu'il voulait passer le week-end avec nous, la moindre des politesses était de faire un effort. Presque par défi, je décidai de poursuivre la conversation.

– Sais-tu skier ?

– Un peu. Juste assez pour me casser un os ou deux.

Josh tourna les yeux vers moi, visiblement satisfait de sa plaisanterie. Je lui souris. Eh bien, tout n'était pas perdu ! Au moins, il avait un peu le sens de l'humour !

Dehors, les forêts de sapins avaient succédé aux champs. La limousine s'engagea sur une route étroite et escarpée. Ken sortit des jus de fruits du petit réfrigérateur sous la banquette tandis que Jenny appelait une amie à Shadyside pour se vanter de téléphoner d'une limousine.

– Qui d'autre pourrions-nous appeler ? demanda Ken quand elle eut raccroché.

La réponse fut toute trouvée quand la voiture s'arrêta brusquement. Le chauffeur descendit nous ouvrir les portières.

– Nous sommes déjà arrivés ? m'étonnai-je en sortant.

L'air était froid et sec. J'inspirai à pleins poumons avant de frissonner, légèrement surprise par la température : il devait faire dix degrés de moins qu'à Shadyside !

Pendant que le chauffeur sortait nos bagages et nos skis du coffre, je jetai un coup d'œil sur le chalet entouré de sapins.

– Waouh ! C'est magnifique ! m'écriai-je, admirative, devant la longue bâtisse de bois percée de grandes baies vitrées.

– Je suis déjà venu ici, remarqua Josh. Ce chalet est superbe. De l'autre côté, on a une vue sublime sur toute la vallée. Il n'y a pas une seule autre maison dans les environs pour gâcher le panorama.

Soudain, deux petites lumières blanches apparurent au bout du chemin. Quelques secondes plus tard, Dara garait son 4 × 4 derrière nous. Elle klaxonna gaiement deux fois de suite avant de sortir, ses longs cheveux blonds volant sur ses épaules.

Je fronçai les sourcils, surprise de ne pas voir ses parents.

– Vous avez roulé trop vite ! s'écria-t-elle. Je pensais arriver avant vous.

– Dara, où sont tes parents ? demandai-je.

– Ils n'ont pas pu venir. Mais ne t'en fais pas, je suis sûre que nous nous débrouillerons très bien sans eux, dit-elle avec un sourire entendu.

Je réprimai une grimace. S'ils apprenaient que je passais un week-end avec des amis sans aucun adulte pour nous surveiller, mes parents ne seraient pas contents du tout. Enfin, maintenant que j'étais là, mieux valait ne rien leur dire.

– Où est la neige ? demanda Dara en regardant le ciel. Nous ne pouvons pas skier sans neige ! En tout cas, je vous préviens, je déteste les charades. Et encore plus le Trivial Pursuit. La dernière fois qu'on m'a forcée à jouer à ce jeu stupide, les cartes ont fini dans la cheminée.

Dara était toujours ainsi. Bavarde et extravertie, elle parlait d'une voix haut perchée sans même s'arrêter pour reprendre son souffle.

Elle était plutôt mignonne, mais sans le naturel de Jenny. Des mèches claires donnaient des reflets blond pâle à ses cheveux naturellement châtains, et son petit nez était presque trop parfait pour ne pas sortir des mains habiles d'un chirurgien. En revanche, ses yeux bleus, sombres et immenses, ne devaient leur beauté qu'à eux-mêmes.

Dara sortit un jeu de clés de la poche de son anorak.

– Il faut absolument qu'il neige, déclara-t-elle en ouvrant la porte, ou nous serons obligés de faire la danse de la Neige sous la lune tout à l'heure.

Se tournant vers la limousine, elle ajouta à l'intention du chauffeur :

– Frank, vous voulez bien rentrer les sacs à l'intérieur ? Les skis se rangent dans le garage...

Le chauffeur acquiesça d'un signe de tête.

– Salut, Dara !

Josh s'arrêta devant Dara, l'air timide, les bras ballants.

– Oh, Josh, je ne t'avais pas vu ! répondit Dara avant d'ajouter d'un ton aussi léger que cruel : J'avais même complètement oublié que tu venais. Mais n'hésite pas à t'inviter aussi souvent que tu en as envie. Tu sais que le chalet est grand.

Sans laisser à Josh le temps de répondre, elle se tourna vers moi.

– J'aime beaucoup ta parka, April. Elle est fourrée ? Où l'as-tu trouvée ? J'en ai cherché une dans ce genre partout.

Je remarquai l'expression blessée de Josh. De toute évidence, il avait espéré un accueil plus chaleureux de la part de Dara. Ma parka bleu ciel dans les bras, je répondis :

– Je l'ai achetée à Shadyside. Elle est très chaude, et pas trop chère.

A peine les avais-je prononcées que je regrettai mes paroles. Dara se moquait bien du prix de ma parka ! Ses parents n'étaient pas obligés de compter chaque sou comme les miens. Elle ne devait même pas regarder l'étiquette lorsqu'elle achetait un vêtement.

– Quelle sorte de fourrure est-ce ? s'enquit-elle en caressant l'intérieur. Mmm... C'est doux.

– La vendeuse m'a dit que c'était du chien, plaisantai-je, mais en fait, je crois que c'est de la fourrure synthétique.

Dara eut un sourire amusé, puis se détourna pour ouvrir la porte du chalet.

– Vous pouvez entrer ! J'espère que le chauffage fonctionne. L'hiver dernier, la chaudière est tombée en panne et tous les tuyaux ont gelé. Heureusement que vous n'étiez pas là. Mon père était tellement en colère que vous l'auriez pris pour un fou !

Je suivis Ken et Jenny à l'intérieur. Derrière moi, j'entendis Josh dire quelques mots à Dara, mais, occupée à remercier le chauffeur, elle ne l'entendit pas.

Le chalet était plongé dans l'obscurité. Je palpai le mur à la recherche d'un interrupteur, sans succès.

Dehors, la portière de la limousine claqua, puis la lumière des phares éclaira un instant les murs avant de s'éloigner.

– Dara, où se trouve l'interrupteur ? criai-je. Il fait noir comme dans un four.

– Hé ! Qu'est-ce que c'est ? demanda soudain Jenny en se figeant sur place.

Je m'étais également arrêtée, l'oreille tendue. Le craquement se fit de nouveau entendre.

– Il y a quelqu'un, murmura Josh à côté de moi.

Le plancher craqua de nouveau. De toute évidence, Josh avait raison : quelqu'un marchait vers nous.

Nous n'étions pas seuls, réalisai-je alors avec un petit frisson.

2

Les craquements se rapprochaient. Je reculai d'un pas, légèrement effrayée. Qui pouvait se trouver dans le chalet ainsi plongé dans le noir ? Des vagabonds ? Des voleurs ?

J'entendis Dara pénétrer dans la pièce derrière moi. La seconde suivante, le plafonnier s'illuminait.

– Hé ! s'écria Dara, surprise.

Face à nous, se tenaient un garçon et une fille d'environ notre âge qui nous regardaient avec des yeux aussi écarquillés que les nôtres.

– Tony ! Que fais-tu ici ? demanda Dara.

A la froideur de son ton, il était facile de deviner que cette rencontre inattendue lui déplaisait.

– Dara... je... euh... bredouilla le garçon.

Il avança d'un pas, et je compris devant ses cheveux en bataille et son menton barbouillé de rouge à lèvres que nous étions arrivés à un moment peu opportun.

– Euh... bonjour, Dara, dit-il finalement.

Il eut un petit sourire gêné qui, au lieu de me le rendre sympathique, me mit légèrement mal à l'aise. Sans aucune raison, je m'aperçus qu'il me déplaisait. Peut-être était-ce à cause de sa profonde fossette sur le menton. J'ignore pourquoi, mais j'ai toujours détesté les fossettes sur le menton.

– Je te présente Carly, poursuivit-il à l'intention de Dara en poussant légèrement sa compagne en avant.

– Bonjour, murmura timidement celle-ci.

Elle aussi avait les lèvres et le menton barbouillés de rouge à lèvres et les cheveux emmêlés.

Plutôt petite et très mince, elle portait un sweat rouge qui jurait avec sa longue chevelure auburn.

Ignorant totalement son salut, Dara continua à fixer Tony auquel elle déclara avec colère :

– Ce n'est pas ton week-end ! Tu n'as aucun droit de...

Le garçon se frappa le front.

– Tu veux dire que je me suis trompé ! Oh ! je suis désolé, Dara. Je pensais vraiment que c'était le tour de mes parents ce week-end.

En dépit de ses efforts, ses paroles sonnaient faux. Bien que je ne le connaisse pas, j'aurais juré qu'il jouait la comédie.

Dara se tourna vers Jenny, Ken et moi, l'air excédé.

– Voilà Tony Macedo, dit-elle. Mes parents partagent ce chalet avec les siens. Nous alternons chaque semaine.

– Et j'étais sûr que celle-ci était la nôtre, déclara Tony en secouant la tête.

– C'est un très beau chalet, intervint Carly. Vraiment très joli.

« Comment as-tu pu t'en apercevoir dans l'obscurité ? » faillis-je demander. Mais comme le moment semblait assez mal choisi pour plaisanter, je décidai de garder cette remarque pour moi.

– Tony, tu es insupportable ! lança sèchement Dara en ignorant le compliment de Carly.

Ses yeux lançaient des éclairs bleus tant elle était en colère.

– Désolé, se contenta de répondre le garçon avec un haussement d'épaules résigné.

Il glissa un bras autour de la taille de Carly qui se lova contre lui et murmura quelque chose à son oreille.

– Mais je ne comprends pas, poursuivit Dara. Tes parents doivent bien avoir un calendrier avec les dates.

– Pour être franc, mes parents ignorent que je suis ici, avoua Tony.

Son regard se fit dur quand il ajouta, les yeux plongés dans ceux de Dara :

– Tu es capable de garder un secret, n'est-ce pas ?

Son ton était léger, mais il me sembla pourtant y percevoir une pointe de menace.

– En fait, continua-t-il, Carly et moi avons décidé de venir à la dernière minute.

Carly accompagna les paroles de son compagnon d'un petit sourire d'excuse que Dara, une fois encore, ignora totalement.

– Comment êtes-vous montés jusqu'ici ? demanda-t-elle. Je n'ai pas vu de voiture dehors.

– Nous avons pris l'avion jusqu'à Eastham, puis un taxi.

– Vous êtes venus passer le week-end ici sans même une voiture pour vous déplacer !

– Nous n'avons pas pensé à ça, tu sais. La semaine a été dure, nous avons juste eu envie de nous aérer un peu. Faire un peu de ski.

Je me demandai s'ils avaient réellement apporté des skis. De toute évidence, ils n'étaient pas là pour les activités de plein air.

A mon étonnement, Dara se rapprocha de moi et me confia à l'oreille :

– Ce type est vraiment pénible. Il crée toujours des ennuis.

Puis, rejetant ses cheveux en arrière, elle demanda à Tony :

– Alors, comment faisons-nous ?

– Que veux-tu dire ? s'enquit l'interpellé comme s'il n'avait pas compris.

– Qui reste et qui part ? résuma Dara d'un ton sec.

Le sourire de Tony s'évanouit. Il plissa les yeux d'un air méchant.

Un petit frisson glissa le long de mon dos. J'ignore d'où me venait cette certitude, mais quelque chose en moi savait que ce garçon pouvait être dangereux.

Je le regardai lâcher sa compagne et s'avancer vers Dara, les traits crispés, les deux poings serrés. De toute évidence, il cherchait à nous effrayer.

– Je sais ce que je vais faire, déclara-t-il, menaçant.

3

Dara ne recula pas. Les mains sur les hanches, elle regardait Tony, le menton levé en signe de défi. Il avança encore. En une enjambée, Ken se plaça à côté de Dara et le fixa droit dans les yeux.

En les voyant ainsi, face à face, je m'aperçus que Ken était beaucoup plus grand et musclé que Tony. Si la situation devait dégénérer, il y avait peu de doute sur l'issue de la bagarre.

– Il n'y a qu'une seule chose à faire, poursuivit Tony du même ton arrogant. Partager !

Sur ces mots, il partit d'un grand éclat de rire. Je

poussai un soupir de soulagement. Tony nous avait bien eus !

Dara leva les yeux au ciel.

– Tony ! Tu es vraiment impossible ! T'ai-je déjà dit que tu avais un sens de l'humour déplorable ?

– Des dizaines de fois. Mais au moins, j'ai le sens de l'humour, moi. Tout le monde ne peut pas en dire autant !

– Un point ! commenta Josh.

Je me tournai vers lui, surprise. Il était tellement discret, que je l'avais complètement oublié. Dara lui décocha un regard noir.

– Toi, Josh, ne te mêle pas de ça ! lança-t-elle.

– C'est vrai, Josh, ne te mêle pas de ça, répéta Tony, moqueur.

A l'adresse de Dara, il ajouta :

– Qui est Josh ?

– Un vague copain, répondit-elle. Son père travaille avec le mien.

– Et les autres ? Si tu nous présentais ?

Comprenant qu'il ne servirait à rien de continuer à discuter, Dara s'exécuta. Tony nous salua les uns après les autres, s'attardant au passage sur Jenny qui rosit légèrement sous son regard. Je vis une ombre glisser dans les yeux de Carly qui se serra un peu plus contre lui.

– Eh bien, maintenant, je suppose que nous n'avons pas le choix, soupira Dara. Nous devons partager le chalet... J'espère simplement que nous nous supporterons pendant tout un week-end.

– Il faut une première fois à tout, commenta Tony avec légèreté.

Carly émit un petit rire gêné.

J'échangeai un bref regard avec Jenny. Pour toutes les deux, il ne faisait aucun doute que Dara avait déjà eu quelques ennuis avec Tony auparavant.

– Par contre, j'ignore s'il y aura assez de chambres pour tout le monde, fit Dara en comptant sur ses doigts.

S'adressant à Tony qui embrassait Carly dans le cou, elle demanda :

– Carly et toi dormez dans la même chambre ?

L'air profondément choqué, le garçon se redressa et lui lança un regard méprisant.

– Je vois que tu as toujours l'esprit aussi mal tourné !

– Je sais surtout à qui j'ai affaire, rétorqua tranquillement Dara.

– Carly et moi nous sommes déjà installés dans deux chambres différentes, expliqua Tony en ignorant sa dernière remarque.

Désignant Ken et Josh, il ajouta à leur intention :

– Vous n'avez qu'à partager la chambre avec les lits superposés.

– Seulement si je peux dormir en haut, répondit Josh. Je suis un peu claustrophobe.

– Aucun problème, fit Ken.

Tony sourit avec satisfaction.

– Eh bien, tout est arrangé ! Comme ça, toutes les filles auront leur chambre. On va s'amuser comme des fous, non ?

En guise de réponse, Dara le fusilla du regard.

A partir de la grande salle à manger et de la cuisine, situées au centre, le chalet se divisait en deux ailes. Les garçons s'installèrent dans les chambres de l'aile gauche et les filles dans celles de l'aile droite. Dès qu'elle eut rangé ses affaires, Jenny me rejoignit dans ma chambre.

– Quelle vue magnifique ! s'exclama-t-elle après avoir ouvert les doubles rideaux.

Je marchai jusqu'à la porte-fenêtre. Le ciel avait blanchi, éclairant d'une lueur fantomatique les collines boisées.

– Regarde ! Il neige ! m'écriai-je en désignant quelques minuscules flocons.

– Tu appelles ça de la neige ? répondit ma compagne, sceptique.

– C'est toujours un début, dis-je, pleine d'espoir.

Après l'hiver que je venais de traverser, j'étais bien décidée à m'amuser ce week-end. Depuis octobre, j'avais rompu avec mon petit ami et ma mère avait perdu son travail, ce qui rendait notre budget familial encore plus serré que d'habitude.

Comme je l'avais déclaré à Josh dans la voiture, je ne connaissais pas très bien Dara, dont les parents ne s'étaient installés à Shadyside que quelques semaines avant la reprise des cours. Mais, même si sa situation la rendait très différente de nous, elle m'avait semblé assez sympathique et je n'avais pas hésité une seconde lorsqu'elle m'avait invitée à passer deux jours à la montagne. Puisqu'elle m'offrait une merveilleuse occasion d'oublier mes soucis, j'avais bien l'intention d'en profiter.

J'accompagnai Jenny jusqu'au salon où un grand feu de bois nous attendait. Ken et Tony entrèrent avec un panier chargé de bûches qu'ils posèrent sur le côté de l'âtre. Il y avait suffisamment de bois pour passer la nuit entière à discuter, confortablement installés dans les vieux fauteuils de cuir marron qui nous tendaient les bras et auxquels je ne résistai pas.

De là, enveloppée par la douce tiédeur du feu, je détaillai la pièce autour de moi. Couverte de lambris, elle se composait d'un grand salon et d'une partie salle à manger en mobilier rustique.

Tony recula de quelques pas pour admirer le feu avant d'aller s'asseoir près de Carly sur le canapé à l'autre bout de la pièce. La seconde suivante, ils échangeaient un long baiser, ignorant totalement notre présence.

Serrés l'un contre l'autre sur le fauteuil à côté du mien, Ken et Jenny observaient le feu en silence tandis que Josh, recroquevillé sur le troisième fauteuil, en tapotait nerveusement le cuir.

– Mon Dieu, je vous en prie, faites qu'il neige cette nuit ! soupira Dara, debout près de la baie vitrée. Le ciel est tout blanc, vous croyez que c'est signe de neige ?

– Ne t'inquiète pas comme ça, Dara, se moqua Ken. S'il ne neige pas ce week-end, nous jouerons au Trivial Pursuit.

– Très drôle ! commenta Dara en levant les yeux au ciel.

Mais elle vint s'asseoir avec nous, et nous restâmes ainsi près d'une heure à discuter de choses et d'autres autour du feu. Tout en parlant, je jetais régulièrement un coup d'œil vers la fenêtre derrière laquelle les flocons, de plus en plus nombreux, commençaient à former une fine couche blanche à la surface des sapins.

– J'ai une idée pour bien commencer ce week-end, annonça soudain Ken.

– Une bataille de boules de neige ? ironisa Dara.

– Non. Quelque chose qui permettrait de briser la glace entre nous. Car nous ne nous connaissons pas très bien, finalement...

Ken jeta un coup d'œil à Josh qui arrêta de tapoter le bras de son fauteuil mais ne détourna pas les yeux du feu.

– Vous connaissez le jeu de la vérité ?

– Ce jeu où quelqu'un pose une question et où l'on doit jurer de répondre la vérité ou accepter un gage ? dis-je.

– Merci, mais ça ne m'intéresse pas, intervint brusquement Josh.

Je me tournai vers lui, surprise comme à chaque fois qu'il se décidait enfin à parler.

– Pourquoi ? Tu n'aimes pas ce jeu ?

Josh secoua la tête.

– Je n'aime pas les jeux en général, fit-il avec un coup d'œil gêné en direction de Dara.

– Au contraire, c'est une super-idée ! s'exclama celle-ci. C'est exactement ce qu'il nous faut ce soir. Comme ça nous connaîtrons nos plus ignobles secrets. Allez, commençons !

Je ne pus m'empêcher de rire devant son enthousiasme. En fait, cette fille commençait à me plaire. J'aimais sa façon de s'enflammer brusquement pour un projet, de s'exciter pour un rien.

Je me penchai en avant en signe d'intérêt. Jenny et Ken m'imitèrent, et même Josh, oubliant ses premières protestations, se joignit à nous.

Ce jeu nous semblait à tous une très bonne idée. Comme l'avait déclaré Ken, une manière agréable de briser la glace, de mieux nous connaître.

Qui aurait pu se douter de sa fin tragique ?

4

– Tony ! Est-ce que vous voulez jouer ? cria Dara vers le fond de la pièce.

Elle n'obtint aucune réponse.

Je sursautai au claquement sec d'une brindille dans la cheminée, surprise d'être aussi tendue. Etait-ce la perspective de ce drôle de jeu ?

Josh, quant à lui, semblait encore beaucoup plus mal à l'aise que moi.

– Je n'ai jamais joué au jeu de la vérité, avoua-t-il en

ajustant ses lunettes sur son nez. Ça consiste en quoi, exactement ?

– C'est extrêmement simple, répondit Dara. Même toi, tu devrais être capable de comprendre.

Josh la regarda avec une expression de chien battu.

– Vraiment, Dara. Pourquoi es-tu aussi méchante avec moi ce soir ?

– Je ne suis pas méchante, répondit Dara avec légèreté. Je plaisante, c'est tout.

– Soit tu acceptes de répondre la vérité à une question, expliqua alors Ken, soit tu acceptes un gage.

Josh se tourna vers lui, l'air toujours perplexe.

– Ce n'est pas grave, tu comprendras en jouant, fit Dara, impatiente. Allez, Ken ! Puisque c'est ton idée, à toi de commencer.

Ken eut une moue ennuyée et jeta un rapide coup d'œil à Jenny qui se lova un peu plus contre lui.

Les flammes projetaient des ombres mouvantes sur les murs. Dehors, la neige tombait de plus en plus dru. Je m'enfonçai dans mon fauteuil avec une délicieuse sensation de bien-être.

– Est-ce qu'il t'est arrivé de faire une chose dont tu te sois senti très honteux ? demanda Dara.

Ken posa sur elle un regard surpris.

– Pardon ?

– Je répète. T'est-il arrivé de faire une chose dont tu te sentes honteux ?

Ken émit un petit ricanement gêné.

– Dis, tu ne crois pas que Josh devrait commencer ? suggéra-t-il. Après tout, c'est sa première fois.

– Hors de question ! s'écria Josh, visiblement horrifié à cette idée.

– Je plaisantais, le rassura Ken.

– Alors, insista Dara avec impatience, tu réponds ou tu préfères un gage ?

– Euh... Tu n'aurais pas de questions à choix multiples ?

– Hé, Ken ! C'est *ton* idée, remarquai-je. Allez, on t'écoute.

Ken bougea dans son fauteuil, mal à l'aise, puis maugréa entre ses dents :

– C'est bon, c'est bon. Je vais répondre à la question.

– Tu as intérêt à me laisser en dehors de tout ça, prévint Jenny avec un petit rire nerveux.

– Eh bien, je me souviens d'un truc... C'est plutôt moche... commença Ken.

– Si tu veux qu'on te croie, il vaudrait mieux que ça soit moche, fit Dara.

– C'était il y a deux ou trois ans. J'étais dans ce magasin de bandes dessinées à l'angle de Division Street. Vous voyez lequel ?

– Ce jeu est complètement stupide, grommela Josh, les yeux fixés sur le feu.

Dara lui adressa un regard agacé.

– Chut ! Laisse-le raconter.

– Il y avait un petit garçon d'environ sept ou huit ans, poursuivit Ken. Pendant qu'il regardait les livres, un billet de dix dollars est tombé de sa poche sans qu'il s'en aperçoive. Et je... enfin... je l'ai ramassé et mis dans ma poche. Ensuite, j'ai vu le gamin le chercher partout.

Il s'est même mis à pleurer... Mais je ne le lui ai pas rendu.

– Et qu'as-tu fait de ces dix dollars ? s'enquit Dara.

Ken baissa les yeux d'un air coupable.

– J'ai acheté des bandes dessinées... C'est moche, n'est-ce pas ? Je m'en suis voulu pendant des mois.

– Ken, je ne te crois pas ! déclara Jenny. C'est vraiment la plus mauvaise action que tu aies commise ?

Le sourire réapparut sur le visage de son compagnon.

– Que veux-tu que je te dise d'autre ? fit-il avec un haussement d'épaules résigné. Tu sais bien que, normalement, je suis un saint.

– Sans intérêt ! commenta Dara en secouant la tête.

– Tu m'as demandé une histoire qui pesait sur ma conscience, se récria Ken, j'ai répondu à ta question.

– Mais je voulais quelque chose de plus excitant ! Une histoire croustillante, pas un truc idiot à propos de dix dollars perdus dans un magasin de bandes dessinées !

– Peut-être Ken trouve-t-il un billet de dix dollars excitant, plaisantai-je.

Tout le monde s'esclaffa.

– A ce propos, April, fit Dara après avoir repris son sérieux, j'ai une question excitante pour toi.

– Ah ! fis-je sans enthousiasme.

Je déglutis, mal à l'aise. Les yeux brillants de curiosité, ma compagne demanda :

– Quelle est la chose la plus embarrassante qui te soit arrivée pendant que tu embrassais un garçon ?

Je sentis mes joues s'empourprer.

– Alors ? La réponse ou le gage ?

– Euh... Je préfère répondre.

– Nous t'écoutons...

– Eh bien, un jour, j'étais dans ma chambre avec un garçon...

– Qui ? coupa Ken avec un petit sourire.

– Oui, qui ? répéta Tony depuis le fond de la pièce.

– De toute façon, tu ne le connais pas ! criai-je en retour. Bref, ce garçon m'a embrassée, et j'ai complètement oublié que j'étais en train de mâcher un chewing-gum. Evidemment, le chewing-gum est passé dans sa bouche...

– Beurk... c'est répugnant ! commenta Jenny avec une grimace de dégoût.

– ... et il a failli s'étrangler avec. Finalement, j'ai dû lui taper dans le dos jusqu'à ce qu'il le recrache.

– Beurk ! répéta Jenny.

– Pas mal ! s'exclama Dara. C'est une bonne histoire.

Mon visage me brûlait tant je me sentais gênée. Au fond, j'ai toujours détesté ce genre de jeux embarrassants ! Heureusement, mon tour était passé... Pour l'instant...

Soudain, une idée me vint à l'esprit.

– Dara, commençai-je, j'ai une question pour toi.

– Je t'écoute, répondit-elle en me fixant tranquillement, le menton posé sur ses deux mains.

– Dara, de tous les garçons avec lesquels tu es sortie, lequel embrassait le plus mal ?

Dara émit un bref éclat de rire.

– Hum... Bonne question, April.

A côté de moi, Jenny ricana doucement. Ken lui jeta un coup d'œil sévère.

– Jenny, la question concerne Dara. Pourquoi ris-tu ?

– Alors, Dara, la réponse ou le gage ? insistai-je.

– La réponse, bien sûr. Le garçon qui embrasse le plus mal, c'est ça ?

Lentement, Dara tourna la tête vers la cheminée. Un sourire ironique et cruel apparut sur ses lèvres tandis que son regard se posait sur Josh.

Mon cœur s'arrêta un instant de battre quand je m'aperçus qu'elle allait le nommer.

Les pupilles du garçon se dilatèrent, donnant une expression paniquée à son visage.

Non, Dara ne pouvait pas faire une chose pareille ! Elle n'oserait pas...

Son sourire s'élargit encore.

– Hum... Le garçon qui m'a le plus mal embrassée... répéta-t-elle d'un ton pensif.

Brusquement, sans lui laisser le temps d'ajouter quelque chose, Josh cria :

– Tais-toi, Dara. Tais-toi !

– Mais, Josh, j'ai promis de répondre la vérité, dit Dara d'un ton innocent.

– Dara, non !

Avant que l'un de nous ait eu le temps de réagir, Josh bondit de son fauteuil et s'empara du tisonnier qu'il brandit vers Dara d'un geste menaçant.

5

Dara poussa un cri d'effroi.

Elle jeta ses deux bras en avant pour se protéger, mais Josh se contenta de jeter le tisonnier au sol avec un cri de rage avant de faire volte-face vers la porte.

– Josh ! Arrête ! cria Dara en s'élançant derrière lui.

Mon cœur battait frénétiquement dans ma poitrine. Je me levai à mon tour et jetai un coup d'œil dans le couloir.

– Que s'est-il passé exactement ? murmura Jenny à côté de moi.

Je haussai les épaules en signe d'ignorance. J'étais aussi étonnée que tout le monde.

Dara rattrapa Josh avant qu'il entre dans sa chambre. Je la vis jeter les bras autour de son cou et lui chuchoter quelque chose à l'oreille avant de lui prendre la main pour le ramener au salon.

– S'il te plaît, Josh, reviens. Qu'est-ce qui t'a pris de croire que j'allais te nommer ? Je m'amusais, c'est tout. Tu me connais, Josh. Mon humour n'est pas toujours très fin, mais je ne suis pas méchante. Je voulais simplement voir ta réaction.

Comme à regret, Josh la suivit, les yeux toujours fixés sur le sol. Avant de pénétrer dans le salon, elle s'arrêta, le força à redresser la tête, et appuya son front contre le sien en murmurant :

– Pardon, Josh. Je suis désolée.

Puis, estimant sans doute s'être suffisamment excusée, elle recula d'un pas, le regarda et demanda d'un ton désinvolte :

– Je suis pardonnée ?

En guise de réponse, Josh hocha la tête. Malgré les quelques mètres qui nous séparaient, je pouvais voir son visage écarlate. Il entra dans la pièce en réajustant ses lunettes sur son nez.

– Ne te moque plus de moi, Dara, marmonna-t-il, une note presque menaçante dans la voix. Je déteste ça. Vraiment.

– D'accord. C'est promis, répondit doucement Dara.

Elle l'entraîna jusqu'à son fauteuil et s'assit sur l'accoudoir à côté de lui.

– Nous pourrions peut-être trouver un jeu plus calme, suggéra Tony depuis son canapé au fond de la pièce. Une partie de rugby, peut-être ? Ce serait moins dangereux.

– Très drôle, rétorqua Dara. J'adore ton sens de l'humour.

– Il n'est pourtant pas aussi fin que le tien !

– Tony, s'il te plaît... arrête... murmura Carly en tirant son compagnon par la manche.

Dara était blême de rage.

– J'ai soif, poursuivit Carly, désireuse de mettre un terme à la dispute. Il y a quelque chose à boire ici ?

– Dans la cuisine, répondit Tony en se levant.

A notre grand soulagement, ils quittèrent la pièce.

– Ne vous occupez pas d'eux, fit Dara à notre intention.

Puis, un sourire tendre sur les lèvres, elle se tourna vers Josh pour demander :

– On continue à jouer ?

Josh haussa les épaules. Apparemment, il était toujours furieux.

D'après sa réaction, il me semblait évident que Dara et lui étaient sortis ensemble et qu'elle avait rompu. Mais si c'était le cas, pourquoi l'avait-elle invité ce week-end ?

Je fus brutalement tirée de mes pensées en entendant Dara annoncer :

– J'ai une autre question pour April.

Je secouai la tête.

– Certainement pas ! J'ai déjà répondu à ma question... Ce qui, soit dit en passant, n'est pas ton cas...

– C'est moi l'hôtesse, ce soir, répondit Dara avec mauvaise foi. Ça me donne le droit de fixer les règles. En plus, c'est une très bonne question, April.

– Merveilleux ! commenta Jenny avec intérêt. April est toujours si discrète sur sa vie privée. J'aimerais qu'elle nous révèle un vrai secret, bien sombre.

Je posai sur elle un regard surpris. Jenny était ma meilleure amie et je n'avais jamais eu l'impression d'être particulièrement réservée avec elle. Mais se rend-on toujours compte de ses défauts ?

– Voici ma seconde question, April, fit Dara en rejetant ses cheveux en arrière. Quel secret connais-tu concernant un de tes proches, et que tu préférerais ignorer ?

Sans prendre le temps de réfléchir, je répondis :

– J'aimerais ne rien savoir au sujet de cette fille à Sumner Island.

– Quelle fille ? demanda instantanément Jenny. De qui parles-tu, April ?

Je regrettai immédiatement mes paroles. Pourquoi cette réponse m'avait-elle échappé aussi vite ? J'aurais dû penser aux conséquences, tourner sept fois ma langue dans ma bouche avant de parler.

Malheureusement, il était trop tard pour revenir en arrière.

Les joues brûlantes, je jetai un coup d'œil vers Ken. Avait-il compris qu'il s'agissait de *son* secret ? Que j'étais au courant... ?

Il ne détourna pas son regard du feu, mais je vis sa mâchoire se contracter. Nul doute qu'il savait de quelle fille je voulais parler.

– Quelle fille ? insista justement Jenny.

Avant que je puisse répondre, Tony surgit derrière moi et frappa un grand coup sur le dossier de mon fauteuil. Je bondis en poussant un cri.

Il partit d'un grand éclat de rire.

– Tony, tu es vraiment stupide ! s'exclama Dara.

Ignorant sa remarque, Tony glissa un bras autour de mes épaules et me serra contre lui en déclarant :

– Tu me plais, April ! Tu es tout à fait mon genre de fille.

A côté de lui, Carly leva les yeux au ciel, mais ne fit aucune remarque. Sans doute était-elle habituée aux plaisanteries douteuses de son petit ami.

– Tiens, Tony, j'ai justement une question pour toi,

fit soudain Dara. Je suppose que tu as des milliers de secrets.

– Presque autant que toi, Dara. Mais ne te donne pas la peine de poser ta question. Je préfère le gage.

Je lançai un regard surpris vers Tony.

– Je ne plaisante pas, insista-t-il, les yeux plongés dans ceux de Dara. J'accepte le gage. Quel qu'il soit.

– Quel macho ! s'écria Dara, visiblement déçue.

– Tony, tu es fou, dit Carly d'un ton inquiet.

Soudain, Dara retrouva le sourire. De toute évidence, elle venait d'avoir une idée qui la réjouissait. Confirmant mes déductions, elle déclara d'une voix suave :

– J'ai un gage fantastique pour toi !

En bondissant sur ses pieds, elle ajouta :

– Debout ! Prenez vos manteaux et sortons.

Aussi médusée que les autres, je lui emboîtai le pas, jetant au passage un coup d'œil vers la fenêtre.

– Ho ! Regardez ça ! m'exclamai-je alors devant la fine couche blanche qui recouvrait le paysage.

– C'est super ! renchérit Jenny. Demain nous aurons une surface parfaite pour skier.

Le temps d'enfiler nos anoraks et nos gants, nous nous élancions sous la neige qui tombait maintenant à gros flocons.

A quelques mètres de la maison, Dara s'arrêta et tendit un bras vers le toit en annonçant :

– Voici ton gage, Tony !

Je plissai les yeux. A travers les flocons, il me semblait discerner à la surface du toit pentu une forme arrondie.

Tony grimaça.

– De quoi parles-tu ?

– Du Frisbee sur le toit. C'est toi qui l'as lancé là-haut, n'est-ce pas ?

Le garçon haussa les épaules.

– Et alors ?

– Alors, tu vas monter le chercher et le rapporter. C'est ton gage.

– Mais le toit doit être extrêmement glissant ! intervint Carly, horrifiée. Il risque de...

– Ne t'en fais pas, coupa Tony avec assurance. C'est de la rigolade.

– Ne monte pas, Tony ! m'écriai-je à mon tour. Carly a raison. Avec la neige, les tuiles doivent être très glissantes. C'est trop dangereux.

Mais, ignorant mon intervention, Tony se tourna vers Dara et déclara, son regard plongé dans le sien :

– Je relève le défi.

Sur ces mots, il se dirigea vers le garage d'où il émergea quelques secondes plus tard, une échelle d'aluminium dans les mains. Avant de monter, il se tourna de nouveau vers Dara.

– Rassure-moi, dit-il. Si jamais je tombe, tu ne te sentiras pas coupable, n'est-ce pas ? Je serais désolé que tu éprouves des remords, tu sais.

– Je te promets que je n'aurai aucun remords, rétorqua Dara sans la moindre émotion.

Je sentis mon estomac se contracter. Des bourrasques jetaient la neige contre nos visages rosis de froid, nous bouchant la vue. J'essuyai mes yeux et regardai Tony grimper à l'échelle, déjà certaine du désastre qui allait suivre. A quoi jouait Dara ? Que lui avait fait Tony pour qu'elle le déteste à ce point ? Je jetai un coup d'œil dans sa direction, espérant lire sur ses traits un remords ou une inquiétude qui la pousserait à lui demander de redescendre. Mais seul un sourire cruel flottait sur ses lèvres.

– Dites donc ! On a une vue superbe, d'ici ! cria Tony avant de poser un pied sur le toit.

Je retins mon souffle. Ce garçon était tellement frimeur qu'il préférerait se rompre le cou plutôt que de renoncer !

Il fit un pas, deux... se pencha vers l'avant pour résister au vent. Son pied droit glissa. J'ouvris la bouche pour crier, mais il s'était déjà rétabli.

– Tony ! Redescends ! supplia Carly à côté de moi.

Je me tournai vers elle, surprise de voir son visage aussi blanc que la neige.

– Tu as prouvé que tu étais un homme, poursuivit-elle. Redescends, maintenant.

Sans même répondre, il fit un autre pas vers le Frisbee et se pencha pour le ramasser. C'est alors que ses pieds glissèrent. Les deux en même temps. Malgré nos cris, j'entendis un bruit mat sur les tuiles. Les deux bras tendus devant lui, il griffait désespérément la neige tandis que son corps glissait rapidement le long du toit.

6

Je poussai un cri d'effroi en voyant les jambes de Tony apparaître au-dessus de nous. Je l'imaginais déjà sur le sol, sans connaissance, quand, par miracle, il parvint à agripper la gouttière avec ses deux mains. Son corps ballottait dangereusement dans le vide et l'on pouvait entendre le métal ployer sous son poids.

– Tiens bon, Tony ! Tiens bon ! cria Carly, affolée.

Lentement, nous le vîmes se stabiliser, puis il lâcha brutalement la gouttière et, d'un bond de chat, sauta souplement au sol. La seconde suivante il se redressait, indemne et souriant.

Je poussai un soupir de soulagement.

Carly se précipita vers lui. Il la rejoignit en deux foulées et l'enlaça tendrement avant de se tourner vers Dara, un sourire triomphant aux lèvres.

Celle-ci le dévisagea un instant, l'air sérieux. Puis, souriant à son tour, elle remarqua d'un ton narquois :

– Tu as oublié le Frisbee sur le toit.

Un éclat de rire général suivit sa remarque. Tony fut le seul à ne pas s'esclaffer. Lui décochant un regard glacial, il répliqua :

– Va le chercher toi-même ! Tes jeux ne m'amusent plus.

– Si nous marchions un peu ? proposai-je, inquiète à l'idée d'un nouvel affrontement. La nuit est si belle !

Ken et Jenny s'empressèrent d'approuver mon idée, et commencèrent à courir en direction de la forêt. Je m'élançai derrière eux. Il neigeait si fort maintenant que la visibilité était réduite à quelques mètres.

– Attendez-moi ! Je ne vois rien ! se plaignit d'ailleurs Josh en s'arrêtant pour essuyer ses lunettes couvertes de flocons.

Je ralentis jusqu'à ce qu'il arrive à ma hauteur.

Dès que nous pénétrâmes dans les bois, une merveilleuse paix nous enveloppa. Arrêté par les branches, le vent semblait s'être tu et nous avions l'impression de nous enfoncer au cœur d'un monde fantastique, silencieux et blanc.

Fascinée par la sérénité et la beauté du paysage, je restai légèrement en arrière de mes compagnons. J'avais soudain envie d'être seule pour profiter pleinement de ce moment magique... mais aussi pour retrouver mon calme après les étranges événements de la soirée. Pourtant, le souvenir de ce jeu stupide et surtout ma réponse à la question de Dara m'empêchaient d'apprécier pleinement la splendeur de cette nuit.

Sumner Island...

Depuis l'été dernier, je n'arrivais pas à chasser de mon esprit ce que j'avais vu là-bas. À chaque fois que j'y songeais, je me sentais un peu plus coupable.

7

Il faisait chaud cet été-là. Une vague de chaleur sans le moindre souffle d'air malgré la proximité de la mer. Je travaillais comme fille au pair sur la charmante petite île de Sumner, partageant mes journées entre le jardin de la maison et les grandes plages de sable blanc. Bien sûr, il m'arrivait de m'ennuyer mais, dans l'ensemble, je passais d'agréables vacances. Les jumeaux dont je m'occupais étaient adorables, et je disposais de presque toutes mes soirées pour lire, me promener, ou retrouver quelques copains de vacances dans le seul café du village.

Dommage que Ken ait tout gâché !

Je savais que le petit ami de Jenny était en vacances avec ses parents à Sumner Island, mais ce n'est qu'au cours de la deuxième semaine que je l'aperçus par hasard. Il était avec une fille. Une fille qui n'était pas Jenny et que je ne connaissais pas.

J'étais en train de lire sur les rochers quand je les vis passer sur la plage. Elle était assez petite, très brune, et portait un bikini bleu ciel. Ken la tenait enlacée par la taille. Soudain, ils s'arrêtèrent pour s'embrasser. Un long baiser qui semblait ne jamais devoir finir.

Sous le choc, je les observai un long moment sans bouger. Ils s'embrassaient toujours quand je repris enfin mes esprits et me levai pour partir.

Je suis de nouveau tombée sur eux le lendemain en ville. Ils marchaient encore tendrement enlacés et semblaient bien trop occupés à se susurrer des mots doux pour s'apercevoir de ma présence.

Au retour des vacances, je n'ai pas réussi à parler à Jenny tellement je craignais de la faire souffrir ! A Ken non plus, je n'ai rien dit...

Pourtant, lorsque je les ai retrouvés à la rentrée, main dans la main devant la porte du lycée, j'ai bien failli tout raconter à Jenny. Après tout, j'étais sa meilleure amie, et ce statut m'obligeait à la prévenir que ce garçon qu'elle aimait tant n'était pas celui qu'elle croyait. Mais, finalement, le courage m'a toujours manqué... Et chaque jour ce secret pèse un peu plus lourd sur ma conscience.

Sans doute est-ce la raison pour laquelle j'ai répondu si spontanément à la question de Dara, ce soir. Enfin, quelqu'un me donnait l'occasion de me libérer de mon fardeau ! Dommage que je me sois sentie aussi mal après avoir parlé. Ken avait-il compris à quelle « fille » je faisais allusion ?...

– Hé, April !

La voix enjouée de Jenny me tira brusquement de mes pensées.

– Pourquoi restes-tu en arrière ? Viens avec nous.

A mon grand soulagement, la fin de la soirée s'avéra beaucoup plus détendue que le début. La balade sous la neige avait calmé les esprits, et toute trace d'animosité avait disparu quand nous nous assîmes autour de la grande table de la cuisine, une tasse de chocolat bouillant entre les mains.

Carly et Tony avaient cessé de faire bande à part, et

même Josh parvint à surmonter sa timidité pour plaisanter avec nous... Ce qui ne l'empêchait pas de jeter régulièrement de petits coups d'œil inquiets vers Dara comme s'il attendait continuellement son approbation.

– Continuons à jouer, proposa celle-ci, une fois de retour dans le salon.

– Merci, ça suffit pour moi, répondis-je en bâillant. J'ai hâte de quitter mes vêtements mouillés et de me glisser sous une grosse couette bien chaude.

– Moi aussi, approuva Jenny.

Finalement, tout le monde choisit d'aller se coucher, et Dara, déçue, n'eut d'autre choix que de nous imiter.

– Très bien. A demain matin, dans ce cas, soupira-t-elle en sortant du salon.

Après m'être brossé les dents dans la salle de bains, je m'apprêtais à regagner ma chambre quand j'entendis un bruit de pas dans l'entrée. Intriguée, je me dirigeai dans cette direction et découvris avec surprise Dara en train d'enfiler un anorak.

– Dara, que fais-tu ? demandai-je à voix basse.

Elle tressaillit au son de ma voix.

– Je sors chercher un peu de bois, répondit-elle en se retournant. Il fera froid demain matin, il faudra faire du feu.

– Tu as besoin d'aide ?

– Merci, April, mais ce n'est pas la peine. Tu peux aller te coucher. A demain.

– A demain, dis-je, légèrement soulagée de ne pas avoir à sortir dans le froid.

– Qu'est-ce qui se passe ?

Ce fut à mon tour de sursauter en entendant Tony m'interpeller depuis l'autre bout du couloir.

– Dara est sortie chercher du bois pour demain, lui lançai-je.

Cette réponse dut le satisfaire, car il se contenta de hocher la tête et rentra dans sa chambre.

Tout en regagnant la mienne, je me demandai pourquoi Dara et Tony se détestaient tellement. Etaient-ils sortis ensemble à une époque ?

Le profond sommeil qui s'empara de moi dès que je posai ma tête sur l'oreiller mit fin à mes questions.

A peine éveillée, le lendemain matin, je me tournai vers la porte-fenêtre. La clarté me fit cligner des yeux. La neige tombait toujours à gros flocons, formant une épaisse couche blanche qui recouvrait le paysage. La vitre bougeait sous la force des bourrasques.

– Merveilleux ! C'est une vraie tempête de neige ! m'écriai-je pour moi-même avec enthousiasme.

Avec tout ce qui était tombé pendant la nuit, nul doute que nous pourrions skier.

Enchantée à cette idée, je me brossai rapidement les dents et courus rejoindre les autres dans la cuisine.

8

Au début, tout me sembla normal.

Tony préparait du café, Carly, debout devant la porte-fenêtre, tortillait une mèche de ses longs cheveux auburn en regardant tomber la neige, et Jenny et Ken, serrés l'un contre l'autre, écoutaient la radio.

– Bonjour ! lançai-je joyeusement en entrant.

– Chut ! m'ordonna immédiatement Ken.

Je m'approchai de lui pour écouter ce qu'ils annonçaient de si important à la radio.

« Il devrait encore tomber près d'un mètre de neige avant ce soir, annonçait la voix du présentateur. Mais que les skieurs ne se réjouissent pas trop vite car les remontées mécaniques resteront fermées toute la journée si le vent ne faiblit pas. »

– Oh, non ! m'écriai-je, déçue.

– Je croyais que les remontées mécaniques marchaient toujours ! fit Ken, mécontent. Qu'est-ce qu'on va faire, si on ne peut pas skier ?

– Grimper en haut des pentes avec nos skis sur l'épaule, plaisantai-je.

Jenny coupa la radio avec colère.

– Je n'y crois pas ! Hier, on pensait manquer de neige, et aujourd'hui, il y a trop de vent ! Qu'allons-nous faire ?

– Au fait, où est Dara ? demanda brusquement Carly. Elle m'a pourtant dit hier soir qu'elle se levait toujours tôt.

– Josh n'est pas là non plus, remarquai-je alors.

– Le café est prêt, annonça Tony en posant la cafetière pleine sur la table. Je meurs de faim ! Qu'y a-t-il pour le petit déjeuner ?

Tout en parlant, il avait ouvert le réfrigérateur.

– Quelqu'un veut des œufs au bacon ?

– Merci, pas pour moi, répondit Jenny. Par contre, je veux bien faire des crêpes s'il y a ce qu'il faut.

– Vous pensez qu'on devrait réveiller Dara ? suggérai-je en sortant le jus d'orange du réfrigérateur.

Tony haussa les épaules.

– Laisse-la dormir. Pendant ce temps, nous sommes tranquilles.

– As-tu vu des œufs dans le frigo ? me demanda Jenny. Quelqu'un pourrait-il me trouver un fouet ?

Malgré la mauvaise nouvelle qui nous avait accueillis, nous étions tous d'excellente humeur, et je dois reconnaître que l'absence de Dara et de Josh ne nous empêcha pas de dévorer avec appétit les crêpes de Jenny.

– On dirait que le vent diminue, remarqua Ken en jetant un coup d'œil vers l'extérieur.

– Je l'espère bien, fit Jenny. J'ai envie de skier, aujourd'hui, moi !

J'essuyai une goutte de sirop d'érable sur mon menton avant de déclarer :

– En tout cas, Dara et Josh ont raté un super-petit déjeuner. Tes crêpes étaient délicieuses, Jenny.

– Merci.

Comme je l'ai déjà dit, l'absence de Dara ne nous inquiétait pas trop alors. Pourtant, tandis que je remplissais le lave-vaisselle, le petit déjeuner terminé, je m'étonnai de ne pas l'avoir encore vue émerger.

– Apparemment, Dara aime bien prendre les choses en charge. Je trouve un peu bizarre qu'elle nous ait laissés nous débrouiller seuls pour le petit déjeuner.

– Que veux-tu faire ? demanda Ken. Aller la réveiller ?

– Laissez-la donc dormir, intervint Tony. Elle est tellement désagréable au réveil.

Carly se tourna vivement vers lui.

– Comment le sais-tu ?

– Je m'en doute, répondit son compagnon avec un haussement d'épaules. De toute façon, Dara est *toujours* désagréable.

– Uniquement avec toi, remarqua Jenny entre ses dents.

– Je crois que nous devrions la réveiller, insistai-je. Je suis sûre qu'elle nous en voudra de ne pas l'avoir fait plus tôt.

– Tu n'as qu'à t'en charger, me lança Ken.

Il posa son torchon et alluma la radio avant d'ajouter :

– J'espère qu'ils ont de meilleures nouvelles concernant l'ouverture des pistes.

– Je t'accompagne, annonça Jenny.

– D'accord, allons-y.

Le temps de fermer le lave-vaisselle et de me laver les mains, et je me dirigeais vers la chambre de Dara.

Jenny frappa à la porte. Sans succès.

– Hé, Dara ! appelai-je. C'est le matin. Il est temps de se lever.

Toujours pas de réponse.

– Dara ? Tu nous entends ? cria Jenny.

Elle frappa de nouveau.

– Dara ?

Devant ce silence prolongé, je tournai le loquet ; le battant s'ouvrit immédiatement.

Jenny poussa un petit cri de surprise :

– Il n'y a personne !

Aussi étonnée qu'elle, j'entrai dans la chambre.

– Le lit n'est pas défait, remarquai-je.

Dara s'était-elle levée tôt ou ne s'était-elle pas couchée ?

Sans doute Jenny se posait-elle la même question, car l'instant suivant elle déclara :

– Elle n'a même pas déballé ses affaires. Regarde son sac, il est encore fermé.

Je baissai les yeux vers le gros sac de cuir noir dont personne n'avait ouvert la fermeture Eclair.

– Jenny, j'ai l'impression que Dara n'a pas dormi ici, dis-je.

– Mais c'est impossible ! Où aurait-elle pu aller ? Il n'y a aucune autre maison dans les parages.

Je secouai la tête en signe d'ignorance.

– Je sais. Tout cela est très étrange.

– Allons voir dans la chambre de Josh, proposa alors mon amie.

Je m'empressai de la suivre dans le couloir.

– Vous l'avez trouvée ? cria Ken en nous voyant passer devant la cuisine.

– Pas encore ! répondis-je sans m'arrêter.

La porte de la chambre de Josh était entrouverte.

– Josh ! appelai-je doucement.

N'obtenant aucune réponse, je glissai ma tête par l'entrebâillement. Tout était noir à l'intérieur. Je poussai un peu plus la porte pour laisser pénétrer la lumière qui éclaira les deux lits superposés. Ils étaient tous les deux vides. Celui du bas défait, et celui du haut parfaitement bordé.

Je tournai un regard vers Jenny.

– Bizarre, me dit-elle, les sourcils froncés.

Nous regagnâmes la cuisine.

– L'un de vous a-t-il vu Josh ce matin ? demandai-je.

Tony secoua la tête.

– Non.

– Moi non plus, fit Ken sans cesser de chercher de la musique à la radio.

– Pourtant il a dormi dans la même chambre que toi, remarquai-je.

– Oui. Enfin, je suppose.

– Tu ne l'as pas entendu au-dessus de toi ?

– A vrai dire, je me suis endormi tout de suite. J'imagine qu'il était déjà couché, mais, de toute façon, j'ai le sommeil tellement lourd que je n'aurais pas entendu un hippopotame monter.

Je soupirai, de plus en plus inquiète.

– C'est tout de même étrange qu'ils soient absents

tous les deux ce matin. Et leurs deux lits ne semblent pas avoir été défaits.

– Ne t'inquiète pas, ils finiront bien par revenir, me rassura Tony d'un ton léger. Ils sont probablement sortis faire un tour.

– Avec ce temps !

Soudain, une idée me traversa l'esprit. La dernière fois que je l'avais vue, Dara sortait chercher du bois. L'avait-elle rapporté ?

Je me précipitai dans le salon. A côté de la cheminée, je trouvai le grand panier à bois. Vide. Les bûches dans le foyer avaient terminé de se consumer pendant la nuit.

– Hé, je crois qu'il y a un problème ! annonçai-je, de retour dans la cuisine.

– Connais-tu cette chanson ? me demanda Ken en guise de réponse.

Il monta le son de la radio.

– C'est une reprise d'un vieux tube. C'est chouette, non ?

– Ken ! fis-je avec agacement.

D'un geste vif, j'éteignis la radio. Il leva vers moi un regard médusé.

– Que se passe-t-il ? Pourquoi as-tu l'air si stressée tout à coup ?

Je leur racontai ma dernière entrevue avec Dara.

– Elle sortait chercher du bois, expliquai-je. Mais, ce matin, le panier près de la cheminée est toujours vide.

– Crois-tu que... commença Jenny, les sourcils froncés.

– Je crois que nous devrions aller jeter un coup d'œil

dehors, dis-je en dissimulant mon inquiétude. Peut-être que...

Je préférai ne pas achever ma phrase. En fait, j'ignorais ce que je craignais, mais plus le temps passait, plus je sentais la peur s'insinuer en moi.

Il se passait quelque chose d'étrange. Josh avait disparu. Dara avait disparu. Et, à en juger par leurs lits non défaits, aucun d'eux n'avait dormi ici cette nuit.

J'enfilai le premier anorak qui me tomba sous la main et sortis sous la neige. Dehors, une autre surprise nous attendait...

Je clignai plusieurs fois des paupières pour m'assurer que la neige ne me troublait pas la vue, puis il fallut me rendre à l'évidence.

– Le 4 × 4 ! m'écriai-je. Il a disparu !

9

– Dara et Josh sont sûrement partis ensemble, dit Tony.

Je me tournai vers lui, incapable de savoir s'il plaisantait ou non.

Sous l'assaut du vent glacial, nous avions rapidement regagné la cuisine, nos visages rougis de froid. L'épaisse couche de neige avait effacé toute trace de pas ou de pneus sur le chemin.

Assis autour de la table, nous contemplions le paysage

blanc, cherchant une explication à l'étrange disparition de nos deux compagnons et de notre seul moyen de locomotion.

– Qu'est-ce qui te fait penser cela ? demandai-je à Tony.

Un drôle de sourire apparut sur ses traits.

– Ils sont sortis ensemble, dit-il. Tu ne le savais pas ?

– Non. C'était sérieux ?

– Pas pour Dara. Par contre, je suis certain que Josh est toujours amoureux. Avez-vous vu comment il la regardait hier soir ?

– Et tu crois que... commençai-je.

– Je crois qu'ils sont partis faire un tour tous les deux. Pour mettre les choses au point, par exemple.

Sans cesser, selon son habitude, de tortiller une mèche de cheveux autour de son doigt, Carly jeta un regard sceptique à son compagnon.

– Par ce temps ! remarqua-t-elle.

Tony haussa les épaules.

– Pourquoi pas ?

Je me tournai à nouveau vers la porte-fenêtre. Le ciel était aussi sombre qu'avant la tombée de la nuit. Le blizzard avait formé d'énormes congères autour du chalet.

Jenny se leva et se frotta les bras.

– J'ai froid. Quelqu'un veut du thé ?

– Ils sont sans doute descendus à la station, poursuivit Tony comme s'il se parlait à lui-même. Peut-être qu'ils voulaient se renseigner sur la météo.

– Dara n'aurait pas pris le 4 × 4 sans nous avertir, répliquai-je.

– Ça dépend, intervint Jenny. Dara est le genre de fille à agir sur un coup de tête.

– C'est vrai, approuva Ken. Josh et elle avaient sans doute l'intention de rentrer rapidement, mais la neige les aura obligés à changer leurs plans.

– Dans ce cas, ils nous auraient téléphoné, m'entêtai-je.

Trop énervée pour rester en place, je me levai et me dirigeai vers la porte-fenêtre. Je pouvais sentir mon sang frapper contre mes tempes. Mes mains étaient moites et froides.

– Ecoutez, repris-je au bout d'un instant, je crois que nous devrions prévenir la police.

– Non ! s'écria instantanément Tony.

Etonnés par sa réaction brusque, nous nous tournâmes vers lui. Il jeta un regard anxieux à Carly.

– Pourquoi pas ? demandai-je.

– Eh bien... commença-t-il avec un sourire embarrassé, vous comprenez...

Les yeux toujours fixés sur Carly, il continua :

– ... c'est assez gênant. Je veux dire, cela serait très gênant pour Carly... Nos parents ignorent que nous sommes ici tous les deux.

– Si nous appelons la police, ils découvriront tout, renchérit Carly. Nous pourrions peut-être attendre encore une heure ou deux. Je suis sûre que Dara va donner de ses nouvelles.

Je me rassis en soupirant. Je n'avais aucune idée de

ce qu'il fallait faire... Juste un très désagréable pressentiment...

– Ne t'inquiète pas pour Dara, reprit Tony. Elle vient ici depuis des années, et elle connaît les routes par cœur. Je suis certain que Josh et elle sont au chaud en ce moment, en train d'attendre que le blizzard se calme.

De grosses gouttes de sueur perlaient sur son front. Je le dévisageai, méfiante. La perspective d'être découvert ici avec Carly l'effrayait-elle à ce point ? Ou craignait-il que la police ne découvre autre chose... ?

Avec un petit frisson, je me détournai de lui... juste à temps pour voir une masse sombre dégringoler du toit.

Je poussai un cri.

10

Jenny se tourna vivement vers moi, la théière bouillante à la main.

– Alors, que se passe-t-il ?

– April, ça va ? s'inquiéta Ken en me prenant par les épaules. Pourquoi as-tu crié comme ça ?

Je pointai un doigt tremblant vers la porte-fenêtre.

– Là... bredouillai-je. Vous n'avez rien vu ?... Quelque chose est tombé du toit.

Tony fut le premier à atteindre la fenêtre. Le nez collé à la vitre, il regarda un long moment à l'extérieur, sans un mot.

– Tu vois quelque chose ? murmurai-je finalement.

Il secoua la tête.

– Rien du tout.

Carly le rejoignit. Puis Jenny s'approcha à son tour avant de se retourner vers moi pour déclarer :

– Désolée, April, mais il n'y a rien. C'était probablement un bloc de neige qui s'est détaché du toit.

– Excusez-moi, dis-je, gênée. Je m'inquiète tellement pour Josh et Dara que...

Les joues rouges de honte, je n'achevai pas ma phrase. Sous le regard contrit de mes compagnons, je me sentais complètement stupide. Même Jenny me contemplait comme si j'étais folle.

Heureusement, Tony mit fin à l'horrible silence qui s'était installé en déclarant d'un ton anodin :

– Ce n'est rien, April. Tu as tort de t'inquiéter pour Dara et Josh. Je suis certain qu'ils vont bien... D'ailleurs, Dara va *toujours* bien.

Notre déjeuner se composait de sandwiches au poulet et au jambon, ce qui se révéla d'autant plus suffisant qu'aucun d'entre nous n'avait vraiment faim.

Dehors, le vent continuait à geindre et à projeter violemment la neige sur les fenêtres. Plusieurs fois, les lampes menacèrent de s'éteindre. Pour plus de sécurité, Jenny sortit des bougies d'un tiroir et les posa sur la table du salon.

A l'instar de mes compagnons, je m'assis dans un

fauteuil, le cœur serré d'angoisse, sursautant au moindre craquement du plancher.

Pour tromper l'attente, je jouai aux cartes avec Jenny et Ken. Tony et Carly s'étaient éclipsés, probablement attirés par d'autres jeux plus intimes. Ces deux-là n'arrivaient pas à rester plus de dix minutes sans s'embrasser ou se toucher !

Au bout d'un quart d'heure, Jenny bâilla. Ravie de l'aubaine, je proposai :

– Si nous jouions à autre chose ?

– Tout ce que tu veux, sauf le jeu de la vérité, répondit Ken d'un ton sec.

Devant l'intensité de son regard noir, je compris que mon allusion à « la fille de Sumner Island » la veille ne lui avait pas échappé.

– Si tu mettais plutôt de la musique ? suggéra Jenny.

– Bonne idée, dit-il en se levant. C'est trop calme, ici.

Il venait à peine d'achever sa phrase qu'un coup sourd résonna à l'arrière de la maison.

– Ce doit être Dara et Josh ! m'exclamai-je en bondissant sur mes pieds.

Quand j'entrai dans la cuisine, Ken et Jenny sur mes talons, Tony avait déjà ouvert la porte-fenêtre.

– Qui a frappé ? lui demandai-je.

Il se tourna vers moi, une expression confuse sur les traits.

– Je ne sais pas. Il n'y a personne.

– C'est impossible ! s'exclama Jenny. Nous avons bien entendu frapper.

– Nous aussi, fit Carly à côté de Tony. Mais regardez vous-mêmes. Il n'y a personne dehors.

Ken jeta un regard suspicieux à Tony.

– Ce n'est pas toi qui as fait ça, j'espère, dit-il, menaçant. Ce ne serait pas drôle.

– Hé ! Pour qui tu me prends ? se récria Tony. Je suis aussi inquiet que vous pour Dara et Josh, tu sais.

Ken continua à l'examiner quelques secondes, les sourcils froncés, puis il se détourna avec un haussement d'épaules. Jenny et moi le suivîmes au salon.

– Nous devrions faire un feu, remarquai-je en entrant dans la pièce. Il commence à faire froid ici.

– Tu as raison, approuva Ken. Allons chercher du bois, ça nous occ...

Un nouveau coup à l'arrière de la maison l'interrompit. Sans nous concerter, nous nous élançâmes vers la cuisine où Carly et Tony se trouvaient, une fois encore, debout devant la porte ouverte. Dès qu'il nous entendit, ce dernier se tourna vers nous.

– Il n'y a personne ! annonça-t-il, l'air sincèrement surpris. Absolument personne !

11

– Il faut pourtant bien que quelqu'un ait frappé, déclara Ken avec véhémence.

Il regardait de nouveau Tony d'un air accusateur. Ce dernier glissa une main dans ses cheveux.

– Carly et moi avons entendu les coups, nous aussi. Mais regarde toi-même ; il n'y a personne dehors.

– C'est peut-être le vent, suggéra Jenny. Une branche qui cogne sur la vitre ou un volet qui claque.

Tony secoua la tête.

– Il n'y a aucun arbre devant la porte, et la maison n'a pas de volets.

Je m'approchai de la porte-fenêtre et appuyai mon front contre la vitre. La neige tombait si fort que je distinguais difficilement le jardin à l'extérieur.

– Je ne vois aucune trace de pas, indiquai-je avec un soupir. Aucun signe de Dara ni de Josh...

Un petit frisson glissa le long de mon dos. Je me détournai de la fenêtre.

Alors, un autre coup sourd résonna. Puis un autre. Je me retournai vivement.

J'avais beau me frotter les yeux, je n'apercevais toujours rien. Pourtant, les coups n'avaient pas cessé. Lourds et réguliers, ils semblaient emplir tout l'espace autour de nous.

– Ça y est ! J'ai trouvé d'où vient ce bruit ! m'écriai-je soudain.

– D'où ? demanda Jenny, près de moi.

Je pointai un doigt vers le portail arrière du garage.

– La porte, là ! indiquai-je. Quelqu'un a dû mal la refermer. Elle bat au vent.

Mon amie poussa un soupir de soulagement.

– Ouf ! Voilà au moins un mystère de résolu !

– Nous devrions aller fermer cette fichue porte, déclara Ken.

– Pour quoi faire ? demanda Jenny. Il sera toujours temps d'y aller quand il ne neigera plus.

– Ce bruit va me rendre fou.

– Dans ce cas, vas-y seul, déclara Tony. Je n'ai pas envie de me faire tremper pour si peu.

Sans insister, Ken partit chercher un manteau dans l'entrée.

– Apporte-moi de quoi me couvrir, Ken ! lui criai-je depuis la cuisine. Je viens avec toi. Un peu d'air frais me fera du bien.

La seconde suivante, il me tendait un anorak. Un vent glacial nous accueillit dans le jardin.

– Waouh ! Quel vent ! m'exclamai-je. On se croirait dans un tourbillon. Je ne vois presque rien tellement ces flocons sont énormes !

Nous enfoncions jusqu'à mi-mollets dans l'épaisse croûte de neige. Les flocons collaient à nos cils et à nos sourcils, nous obligeant à nous essuyer constamment les yeux.

Soudain, une bourrasque plus violente ouvrit en grand les deux battants du portail du garage. Ken tendit un bras pour les refermer... et se figea sur place.

Surprise, j'avançai d'un pas pour le rattraper.

– Que se passe...?

Le spectacle qui s'offrait à moi m'empêcha d'achever ma phrase. Les yeux écarquillés d'horreur, je contemplai Dara qui, étendue sur le sol, nous fixait de ses grands yeux morts.

12

Les jambes en coton, je m'accrochai au bras de Ken pour ne pas tomber. Tout se mit à tourner autour de moi. Je ne voyais plus que du blanc et du bleu, le bleu des yeux de Dara qui continuaient à me fixer comme s'ils cherchaient à m'accuser. Mon sang s'était glacé dans mes veines. Je sentais le froid s'insinuer en moi, un froid qui me rigidifiait comme il avait rigidifié le cadavre de Dara.

Dara, bleue, froide et immobile. Seuls ses cheveux châtains bougeaient légèrement sous le souffle du vent.

Sans doute étais-je en train de m'évanouir, car soudain je pris conscience des bras de Ken autour de moi.

– Ça va ?

Non, ça n'allait pas. Pas du tout, même. Pourtant, j'acquiesçai d'un signe de tête.

Après s'être assuré que je tenais debout, il me lâcha, puis s'agenouilla devant le corps de Dara qu'il tourna légèrement sur le côté. C'est alors que je découvris la tache rouge sur sa parka. Entre les omoplates brillait le manche d'une hache enfoncée si profondément que la lame avait disparu.

– Mon Dieu ! m'écriai-je, incrédule.

Je devais rêver, être en plein cauchemar ! J'allais certainement me réveiller et m'apercevoir que Dara ne gisait pas là, devant moi, assassinée.

Soudain, mon estomac se tordit. Je n'eus que le temps de sortir pour vomir dans la neige. Mon corps entier était agité de spasmes douloureux, et je dus aspirer l'air glacé à grandes goulées pour retrouver mon souffle et ne pas m'effondrer dans mes propres souillures.

La pression réconfortante des doigts de Ken sur mon épaule m'aida à reprendre mes esprits. Lentement, je me tournai vers lui et me laissai aller contre son torse en éclatant en sanglots. Il me serra doucement contre lui, puis m'entraîna vers la maison.

Les yeux toujours clos, j'entendis la porte de la cuisine s'ouvrir. L'instant suivant, une douce tiédeur m'enveloppait. Un parfum de pop-corn monta à mes narines.

Tout semblait si normal à l'intérieur ! Mais moi, comment pourrais-je un jour redevenir normale ? Les voix inquiètes de mes compagnons me forcèrent à ouvrir les yeux. Ils étaient là, face à Ken et à moi, leurs regards inquiets scrutant nos visages à la recherche d'une explication.

– Que s'est-il passé ? répéta Jenny. Qu'est-il arrivé à April ?

– Dara est morte, répondit Ken dans un murmure.

Ils restèrent bouche bée, doutant d'avoir bien entendu. Seule Carly poussa un cri.

– Quelqu'un l'a assassinée, ajouta Ken.

Cette fois, il y eut d'autres cris. Des pleurs aussi, je crois. Mais, déjà, je recommençais à ne plus rien voir. Rien d'autre que le visage bleui de froid de Dara. Ses yeux morts qui me fixaient.

Le corps tremblant, je m'appuyai au mur pour ne pas tomber.

– Il... il faut appeler la police, articulai-je avec difficulté.

Tony, qui avait pris Carly dans ses bras, la regarda d'un air inquiet. Je savais ce qu'il pensait. Il craignait que ses parents n'apprennent leur petite escapade romantique. Mais qu'importait tout cela désormais ?

Dara gisait, une hache entre les omoplates. Dara avait été assassinée.

– Nous n'avons plus le choix, maintenant ! criai-je.

Ma voix me surprit. Elle était suraiguë, affolée. La voix d'une démente. Je me forçai à respirer profondément pour me calmer. Ce n'était pas le moment de craquer !

Je m'assis à côté de Jenny qui, la tête enfouie dans ses bras, sanglotait sur la table.

Derrière nous, Ken poussa un soupir.

– April a raison, dit-il. Nous n'avons pas le choix. Il faut appeler la police. Tout de suite.

Soudain, la porte de la cuisine s'ouvrit violemment, laissant entrer dans la pièce une bourrasque de neige. Je poussai un hurlement.

Dans notre panique, Ken et moi avions oublié de tourner le verrou derrière nous.

– Fermez cette porte ! Fermez-la ! hurlai-je.

Tony se précipita vers la porte-fenêtre qu'il ferma à double tour.

– Maintenant, appelle la police, ordonnai-je.

Acquiesçant d'un hochement de tête, il décrocha le téléphone mural et porta le combiné à son oreille.

– Qu'est-ce qu'il y a ? Qu'attends-tu pour composer le numéro ? demandai-je.

Il tourna vers moi un regard vide, inexpressif.

– Je ne peux pas, fit-il doucement.

13

Je dévisageai Tony sans comprendre.

– Que veux-tu dire ? Pourquoi ne peux-tu pas les appeler ?

– La ligne est coupée.

– Mais c'est impossible ! Tu as dû...

– Essaie toi-même, proposa Tony en me tendant le combiné.

Je le portai à mon oreille. Aucun son. Pas la moindre tonalité.

– La tempête a dû casser des câbles, fit-il avec un haussement d'épaules.

– Mais... mais... bredouillai-je stupidement en sentant la panique monter en moi.

– Nous allons devoir descendre à pied à la station, déclara Ken.

Je jetai un coup d'œil sur le ciel bas et noir. La neige tombait toujours abondamment, et rien ne laissait présager une amélioration avant plusieurs heures.

Un long frisson me parcourut des pieds à la tête. Nous étions seuls, perdus au milieu d'une immensité froide et blanche, sans aucun contact avec le monde extérieur... avec un cadavre dans le garage.

– A moins que nous ne descendions à skis, reprit Ken.

Tortillant nerveusement une mèche de ses cheveux, Carly répondit :

– Nous n'y arriverons jamais. D'ailleurs, même si nous parvenions à ne pas nous perdre dans toute cette neige, nous serions morts de froid avant d'avoir atteint les pistes. Quant à la station, ce n'est pas la peine d'espérer l'atteindre !

Je me tournai vers Tony.

– A combien de kilomètres se trouve-t-elle ?

– Quatre ou cinq. Il y a bien quelques chalets sur la route, mais la neige a dû les rendre inaccessibles. Avec ce temps, je ne suis même pas sûr de les apercevoir.

– On pourrait essayer le stop...

Un profond silence accueillit ma suggestion.

– Il faudrait être fou pour rouler un jour pareil, déclara finalement Tony.

D'un pas nonchalant, il se dirigea vers le réfrigérateur

d'où il sortit une boîte de Coca-Cola avant de remarquer, comme soulagé :

– Au moins, nous ne manquons pas de vivres.

Je le dévisageai, choquée par son indifférence.

– Comment peux-tu parler de manger dans un tel moment ? m'écriai-je. Te rends-tu compte qu'il vient d'y avoir un meurtre ? Nous ne pouvons tout de même pas rester assis à attendre comme si de rien n'était ! Quelqu'un a tué Dara. Quelqu'un qui pourrait recommencer... qui...

Soudain je m'arrêtai, paniquée à l'idée qui venait de me traverser l'esprit.

Josh...

Dans mon affolement, je l'avais totalement oublié.

– Et Josh... ? articulai-je. Allons-nous découvrir son cadavre à lui aussi ?

– Non ! cria Carly. Je t'en prie, arrête !

– Mais il faut se rendre à l'évidence, insistai-je, tremblante. Celui qui a assassiné Dara a probablement tué Josh en même temps. Sinon, pourquoi aurait-il disparu, lui aussi ?

Mes compagnons me contemplaient, livides. Carly secoua la tête.

– C'est impossible ! D'ailleurs, il n'y a même pas d'empreintes dehors. Si quelqu'un était venu ici, il aurait laissé des traces.

– A moins qu'elles n'aient été recouvertes, intervint Jenny. Il neige tellement !

Les joues mouillées de larmes, elle regarda Carly comme si elle voulait s'excuser de cette remarque.

– Vous vous trompez ! affirma soudain Tony en se dirigeant de nouveau vers la porte-fenêtre.

Il fixa un long moment le garage dont le portail resté grand ouvert laissait apparaître le corps de Dara sur le sol.

– Carly et toi vous vous trompez, répéta-t-il. Josh n'est certainement pas mort. Car Josh *est* l'assassin.

Mes doigts se crispèrent sur le bord de la table. De nouveau, la pièce commençait à tournoyer autour de moi.

– Que veux-tu dire ? demandai-je, le souffle court.

– C'est évident, répondit Tony en venant s'asseoir face à moi.

Il but une longue gorgée de Coca avant de poursuivre d'un ton convaincu :

– Josh a tué Dara, puis il s'est enfui avec le 4 × 4.

– Mais pourquoi ? demandai-je. Quelle raison aurait-il eue de tuer Dara ?

Tony eut une moue ignorante.

– Va savoir !

Ken se dirigea vers le téléphone, décrocha le combiné et le porta à son oreille.

– Toujours pas de tonalité ! soupira-t-il avant de raccrocher.

– Qu'allons-nous faire ? gémit Jenny. Le téléphone est hors service, il n'y a aucune maison alentour, et la tempête de neige nous empêche de sortir. Nous sommes coincés ici !

– Dans ce cas, il ne nous reste qu'à faire un bon feu et attendre que ça se passe, répondit calmement Tony.

La tempête finira bien par cesser et le téléphone par fonctionner. Tout ira bien, Jenny, ne t'inquiète pas. Mais surtout, nous devons garder notre sang-froid.

Soudain, je me levai et proposai :

– Allons jeter un coup d'œil dans les affaires de Josh. Peut-être y découvrirons-nous un indice.

– En tout cas, si Josh a pris son sac, sa culpabilité ne fera plus aucun doute, remarqua Ken en m'emboîtant le pas. Si seulement j'avais le sommeil moins profond ! Je saurais s'il a passé la nuit dans son lit !

Tout le monde se précipita dans la chambre de Ken et de Josh. C'était la plus froide des pièces et je frissonnai en entrant. Je m'empressai d'ouvrir les doubles rideaux pour laisser pénétrer un peu de lumière.

– Là ! cria Jenny en désignant un gros sac de toile kaki au pied des lits superposés.

Je m'agenouillai devant et ouvris la fermeture Eclair.

– Il a l'air plein, indiquai-je. De toute évidence, il n'a emporté aucune de ses affaires.

– Mon Dieu ! Je ne comprends rien ! gémit Carly.

– Il n'y a rien à comprendre, intervint alors Tony avec agacement. Il est parti sans rien emporter, c'est tout.

Il me rejoignit en deux enjambées pour examiner le contenu de son sac avant de reprendre :

– Il était probablement trop affolé après avoir tué Dara pour penser à prendre ses affaires.

– Peut-être, acquiesçai-je sans conviction. A moins que...

La fin de ma phrase resta coincée dans ma gorge.

– ... à moins que Josh n'ait également été assassiné, acheva Ken dans un souffle.

Il s'agenouilla près de moi et retourna le contenu du sac sur le sol. Hormis une trousse de toilette, il n'y avait rien d'autre que des vêtements : un sweat-shirt, une combinaison de ski, plusieurs paires de chaussettes... Rien qui puisse nous intéresser.

– En tout cas, une chose est certaine, annonçai-je en me relevant, c'est qu'il n'a pas dormi ici. Son pyjama n'est même pas déplié.

– Maintenant, nous devrions jeter un coup d'œil à la chambre de Dara, suggéra Ken.

Mes jambes recommencèrent à flageoler. Je ne pouvais pas entendre prononcer le nom de Dara sans revoir son visage figé dans une expression horrifiée et douloureuse... et la hache profondément enfoncée entre ses omoplates.

Un silence pesant nous entourait tandis que nous nous dirigions vers la chambre de Dara.

Dès que j'entrai dans la pièce, mon regard se posa sur un petit guéridon en bois sur lequel était posé un vase rempli de fleurs séchées roses et bleues. A côté, dans un cadre en écaille, Dara et ses parents, en combinaison de ski, me souriaient. Ils semblaient si heureux et insouciants que je sentis les larmes me monter aux yeux.

Me mordant la lèvre pour l'empêcher de trembler, je me détournai de cette joyeuse photo de famille et commençai à balayer la pièce du regard. Tout y était étonnamment bien rangé. Une grande bibliothèque couvrait toute la longueur d'un mur, chacune de ses trois étagères étant réservée respectivement aux livres, aux CD et aux magazines. Sans savoir ce qu'il cherchait exactement, Ken commença à fouiller dans ce coin.

Jenny ouvrit le placard qui, hormis un vieux sac de voyage vide, ne contenait rien. Quant à moi, je pris machinalement le roman qui traînait sur la table de nuit près du lit non défait et le feuilletai. Glissée entre la couverture et la première page, je découvris une feuille de papier pliée en deux. Je l'ouvris et la parcourus rapidement. Soudain, tout sembla basculer autour de moi.

– Mon Dieu ! m'écriai-je.

Tous les regards se tournèrent dans ma direction.

– Que se passe-t-il ? demanda Jenny.

Je contemplai un instant son visage blême, puis répondis, le souffle court :

– Je sais qui a tué Dara.

14

Stupéfaits, mes compagnons se rapprochèrent. Les mains tremblantes, je mis la lettre écrite au stylo-bille rouge sous la petite lampe de chevet et commençai à lire d'une voix hésitante :

Chère Dara,

Je ne peux plus supporter cette situation. Tu as toujours été très dure avec moi, et cela j'arrivais à l'accepter. Mais ce soir, tu as été trop loin. Tu m'as humilié devant tout le monde.

Jusqu'ici, j'ai toujours pensé que tu étais quelqu'un de bien. Maintenant, je sais que je me trompais.

Pourtant, je voudrais te parler une dernière fois. Tu n'as pas le droit de me le refuser.

Je t'attendrai à minuit. Seule !

Josh

Jenny m'arracha la lettre des mains et la parcourut rapidement des yeux. Ken et Carly se penchèrent par-dessus son épaule pour lire à leur tour.

Quand Jenny me rendit la feuille de papier, son teint était livide. Le menton tremblant, elle parvint à articuler d'une voix affolée :

– Nous... nous devons partir d'ici !

Je la regardai sans comprendre.

– Pourquoi ?

– Parce que tôt ou tard il va se souvenir de cette lettre. Alors, il reviendra la chercher et nous tuera les uns après les autres pour que nous ne le dénoncions pas !

Elle avait presque crié les derniers mots et éclata en sanglots avant de se précipiter vers la cuisine.

– Jenny ! appelai-je en m'élançant derrière elle.

Quand je la rattrapai, elle avait déjà décroché le téléphone.

– Tu vas marcher ! Tu vas marcher ! répétait-elle en appuyant frénétiquement sur les touches. Il faut que tu marches !

Finalement, elle raccrocha violemment le combiné sur son support.

Je m'élançai vers elle pour la prendre dans mes bras. Elle tremblait de tout son corps.

– Jenny, murmurai-je avec douceur. Tout va bien se passer. Calme-toi.

– Josh... va revenir, dit-elle entre deux sanglots. Il va revenir... Il nous tuera comme il a tué Dara !

Par-dessus mon épaule, j'aperçus Tony, Carly et Ken qui entraient dans la cuisine.

– Nous devons garder notre sang-froid, fit ce dernier en s'approchant de Jenny qui se laissa aller contre son épaule. Calme-toi, Jenny. Ça ne sert à rien de paniquer.

– Mais il va revenir ! hurla-t-elle, au bord de la crise de nerfs.

Je la regardai en me demandant par quel miracle je ne cédais pas, moi aussi, à la panique. Car Jenny avait raison d'avoir peur. De toute évidence, Josh finirait par s'apercevoir qu'il avait oublié la lettre et reviendrait. Et que ferions-nous alors, sans téléphone, sans voiture ni voisins ? Nous étions piégés ici. Forcés d'attendre que l'assassin de Dara revienne achever sa besogne.

– Il y a peut-être un revolver dans la maison, suggéra Tony.

Surprise, je me tournai vers lui.

– Pardon ?

Il termina son Coca et écrasa la boîte dans sa main.

– Quelqu'un a-t-il vu un revolver quelque part ? demanda-t-il. Le père de Dara en avait un la dernière fois que je suis venu. Il l'a peut-être laissé ici.

Devant mon expression stupéfaite, il insista :

– Si jamais Josh revient, il faudra bien nous défendre.

C'est alors que je compris que je me méfiais toujours de lui. A la seule idée qu'il puisse détenir un revolver, je frissonnai. Bien sûr, il ne s'agissait que d'un pressentiment dépourvu de fondement, mais je n'y pouvais rien. Ce garçon ne m'inspirait aucune confiance.

– Je n'ai vu de revolver nulle part, répondit Ken.

– Nous devrions chercher, fit Tony.

– Non, Tony. S'il te plaît, intervint Carly en retenant son compagnon par le bras.

Il se dégagea vivement et demanda d'un ton sec :

– Où est le problème ? Tu penses que je ne saurais pas m'en servir ?

– Cela n'a rien à voir avec toi, Tony. Mais tu ne crois pas que les choses sont suffisamment effrayantes comme cela ?

En guise de réponse, Tony leva les bras au ciel, puis sortit de la cuisine.

Nous l'entendîmes fouiller dans le buffet de la salle à manger, ouvrant bruyamment portes et tiroirs.

– Tu crois que Josh reviendra prendre sa lettre ? me demanda Jenny.

Ses joues étaient encore mouillées de larmes, mais elle s'était ressaisie.

Je haussai les épaules en signe d'ignorance.

– Franchement, je n'en sais rien.

Dehors, la neige tombait toujours. Au pied de la porte ouverte du garage, j'apercevais la masse sombre du cadavre de Dara.

Je me couchai ce soir-là avec la certitude de ne pas trouver le sommeil. Et les longues heures qui s'écoulèrent ensuite me prouvèrent que je ne m'étais pas trompée.

Allongée sur le dos, les couvertures remontées jusqu'au menton, j'attendais que le jour apparaisse en sursautant à chaque craquement de bois, à chaque bourrasque. Mes tentatives de lecture tournèrent court quand je m'aperçus que le seul roman que j'avais emporté était un thriller. Comme si j'avais besoin de m'amuser à me faire peur ! N'étais-je pas déjà en plein cauchemar ?

La petite lampe de chevet toujours allumée près de moi, j'essayai, les yeux fermés, de me relaxer. Je commençai par le bout des pieds, m'efforçant de détendre chaque muscle en remontant vers la tête. Je n'avais pas encore atteint le genou que déjà j'ouvrais les paupières, le cœur battant. Il me semblait avoir entendu un bruit de pas.

Tendue, j'écoutai attentivement. J'eus l'impression de recevoir une décharge électrique quand le bruit se répéta. Cette fois, il n'y avait pas de doute possible. Quelqu'un marchait dans le salon.

De qui s'agissait-il ?

La personne bougeait lentement, précautionneusement, comme quelqu'un désirant passer inaperçu. Mais les craquements du plancher la trahissaient à chaque pas.

Je déglutis avec difficulté. Qui d'autre que Josh aurait eu intérêt à se montrer aussi discret ?

Soudain, la peur s'empara de moi. Je me mordis la lèvre pour ne pas hurler.

Josh était là ! Dans la pièce à côté de ma chambre.

Josh était revenu nous tuer !

15

J'ignore encore comment, malgré le tremblement qui agitait tout mon corps, je parvins à me lever et à enfiler ma robe de chambre. Je m'appuyai un instant au mur pour reprendre ma respiration, puis, réunissant tout mon courage, je sortis dans le couloir en prenant soin auparavant d'éteindre la lampe de chevet.

Il faisait noir comme dans un four. Je m'arrêtai pour écouter. Après quelques secondes de silence, je m'apprêtais à regagner ma chambre, soulagée – il n'y avait pas de doute, je m'étais trompée ! –, quand un nouveau craquement me figea sur place.

Puis je vis une faible lueur sortir du salon. Apparemment, Josh avait une lampe électrique. Mes yeux s'étaient adaptés à l'obscurité et je regardai désespérément autour de moi, à la recherche d'une arme. Un bâton de ski oublié contre le mur ferait l'affaire. Je m'en emparai et le maintins fermement serré dans ma main froide et moite.

Sans doute s'agissait-il là d'un recours bien dérisoire, mais si je parvenais à prendre Josh par surprise...

Après une profonde inspiration, j'avançai à pas de loup vers le salon. Arrivée près de la porte ouverte, mon sang se glaça dans mes veines. Je pouvais entendre le plancher craquer, sentir Josh tout près de moi, mais je ne le voyais pas. Je scrutai l'obscurité, retenant ma respiration qui me semblait résonner comme une forge dans le silence de la nuit.

Où était-il ?

Je sursautai en entendant bouger tout près de moi. L'instant suivant, un bras m'étreignit la taille et une main s'écrasa violemment sur ma bouche, retenant le cri de terreur qui montait de ma gorge.

Impuissante, je me sentis tirée vers le fond de la pièce.

16

Le bâton de ski, arraché de ma main, tomba sur le parquet avec un bruit sec. Je me débattis pour échapper à l'étreinte de mon agresseur, mais ses bras m'enserraient avec force, et il ne me lâcha que pour me jeter violemment sur le canapé.

J'ouvrais la bouche pour crier quand il alluma le plafonnier.

– Tony ! m'exclamai-je, médusée. Mais que...?

Devant ses yeux écarquillés, je compris qu'il était aussi surpris que moi.

– Oh, non ! fit-il en se tapant le front.

Le cœur battant à se rompre dans ma poitrine, je me recroquevillai sur le canapé dans l'espoir de calmer le tremblement nerveux qui m'agitait.

– Et moi qui croyais que... commença-t-il en secouant la tête. Je deviens complètement fou.

– Tu m'as fait une peur effroyable, articulai-je finalement.

– Je suis désolé, April. Sincèrement. J'ai cru que...

– Que quoi ? le pressai-je sèchement, un sentiment de colère remplaçant peu à peu la peur.

– ... que Josh était de retour, acheva Tony. Je suis vraiment confus, April.

Je le dévisageai d'un air soupçonneux.

– Mais que faisais-tu dans le salon au milieu de la nuit ?

– J'ai cru entendre des bruits. Je me suis imaginé que Josh était en train de rentrer en cachette, et j'ai décidé de le piéger. Je ne m'attendais pas à te trouver, toi, ici.

Tony planta son regard dans le mien comme s'il cherchait à savoir ce que je pensais de son histoire.

Malheureusement, je n'y croyais pas. Sa chambre était située à l'autre bout du couloir et il y avait peu de chances que les bruits du salon parviennent jusque-là. Quelque chose dans son récit ne collait pas. Pour me rassurer, je me dis qu'il s'était probablement levé dans l'intention de rejoindre Carly et n'osait pas me l'avouer.

– As-tu eu une aventure avec Dara ?

Les mots s'étaient échappés de ma bouche sans que je m'en aperçoive. Cette question trottait dans ma tête depuis si longtemps que je n'avais pu m'empêcher de la poser.

L'expression de Tony se modifia immédiatement. Plissant les yeux, il me dévisagea quelques secondes avec suspicion, avant d'acquiescer, comme à regret :

– Très peu de temps. Personne ne sort longtemps avec Dara.

Je décelai dans sa voix une amertume qui m'étonna tant elle révélait la colère qu'il éprouvait encore à l'égard de Dara.

– De toute façon, c'est une vieille histoire maintenant, ajouta-t-il en haussant les épaules. En quoi ça t'intéresse ?

– Je... je ne sais pas, bredouillai-je, embarrassée. J'avais juste envie de savoir, c'est tout.

– Cette aventure n'a pas eu beaucoup d'importance pour moi. Contrairement à Josh, je me moquais de Dara. Lui...

Tony soupira avant de reprendre :

– Je ne vois pas pourquoi je t'en parle, d'ailleurs. Tu as lu la lettre. Tu en sais autant que moi.

Pourquoi m'en parlait-il effectivement ? C'était justement la question que je me posais. Voulait-il simplement se confier ? Etre amical ?

Quoi qu'il en soit, je ne parvenais pas à me débarrasser de ma méfiance à son égard.

La gorge sèche, je toussotai et déclarai :

– J'ai soif. Je vais boire un verre d'eau.

Tony me suivit à la cuisine. La lumière éclaira le tas de vaisselle sale dans l'évier. Sous le choc de la découverte du cadavre de Dara, nous n'avions même pas eu l'énergie de la ranger dans le lave-vaisselle. Sur la table, une coulée de ketchup séché m'évoqua un filet de sang. Je frissonnai.

Tous les verres étaient sales et je dus en rincer un avant de le remplir au robinet. Tout en buvant, je pouvais sentir le regard de Tony fixé sur mon dos. Je me retournai pour lui faire face.

– Tu as peur, n'est-ce pas ? demanda-t-il.

Du revers de la main, je m'essuyai le menton.

– Oui. Pas toi ?

Il eut une moue hésitante.

– Un peu, avoua-t-il finalement. Mais ne t'inquiète pas, April. Je suis sûr que tout ira bien. Demain, ils répareront les lignes téléphoniques, et nous appellerons la police. Josh n'a pas pu aller bien loin avec ce blizzard. Ils le retrouveront rapidement.

– Tu as sans doute raison, murmurai-je sans conviction.

Je rinçai mon verre sous le robinet et le retournai sur l'évier.

– Dire que j'attendais ce week-end avec impatience ! soupirai-je.

– Sûr qu'on ne pouvait pas imaginer que les choses

tourneraient si mal, acquiesça Tony avec un petit ricanement désabusé.

– Pauvre Dara !

Plongé dans ses pensées, Tony ne répondit rien pendant un long moment. Finalement, il reposa sur la table la salière qu'il triturait entre ses doigts depuis plusieurs minutes, et déclara :

– Il est tard. Nous devrions aller nous coucher. Demain...

Il s'interrompit subitement, les yeux fixés sur la porte-fenêtre. La gorge sèche, je regardai dans cette direction. Il me fallut quelques secondes avant de comprendre ce que je voyais et de pousser un cri d'horreur.

Le corps couvert de neige et le teint bleu de froid, Josh était écrasé contre la vitre. Derrière les verres embués de ses lunettes, ses yeux écarquillés nous contemplaient sans ciller.

Morts.

17

Alertées par mon hurlement, Carly et Jenny se précipitèrent dans la cuisine.

– April, que se passe-t-il ? s'inquiéta cette dernière.

L'air encore endormi, Ken apparut à son tour dans un pyjama à rayures.

– Qui a crié ? demanda-t-il.

Pour toute réponse, je désignai la porte-fenêtre. Le nez écrasé, les deux mains pressées sur la vitre à côté de son visage bleui, Josh semblait vouloir pousser la porte.

Un long frisson me parcourut tandis que je me demandais qui l'avait assassiné et jeté ainsi.

Puis il bougea et je hurlai de nouveau.

Finalement, il tapa faiblement de ses poings contre la vitre.

Certaine qu'il était mort, je crus un instant que le vent causait ce mouvement puis, brusquement, je compris mon erreur : Josh était toujours vivant ! Vivant et pressé d'entrer.

Tony fut le premier à atteindre la porte.

Un tourbillon de neige glacée pénétra dans la cuisine tiède en même temps que Josh. Tony se hâta de refermer la porte derrière lui.

Josh se secoua entièrement, comme un chien au sortir du bain, laissant une grosse flaque sur le sol.

– Josh, que s'est-il passé ? le questionna immédiatement Ken. Où étais-tu ?

Josh ne répondit pas, trop occupé à se débattre avec son anorak. Ses gestes étaient maladroits, ses doigts violets et gourds ne parvenaient pas à tirer sur la fermeture Eclair. Les cristaux de neige qui blanchissaient ses cheveux et ses sourcils fondaient sur son visage.

– Ai... aidez-moi ! supplia-t-il d'une voix enrouée.

Enfin, il parvint à s'extraire de son anorak qu'il laissa tomber au sol.

– N'essaie pas de nous tromper ! l'avertit Tony. Nous savons ce que tu as fait.

Josh réajusta ses lunettes embuées sur son nez et le regarda d'un air surpris. Puis, comme s'il avait instantanément oublié ce qu'il venait d'entendre, il grimaça et demanda de sa même voix éraillée :

– S'il vous plaît... quelque chose de chaud.

Sous l'effet de la chaleur, son teint passait du bleu au violet. Il semblait vraiment mal en point et dut s'accrocher au rebord de la table pour ne pas tomber.

– J'ai... marché... si loin, articula-t-il.

Compatissante, Carly versa de l'eau dans la bouilloire qu'elle posa sur le gaz.

– Le pauvre ! murmura-t-elle. Il est complètement gelé. Je prépare du thé pour tout le monde.

Josh se laissa tomber sur une chaise et parcourut la cuisine de son regard hagard. D'un geste automatique, il se frotta la tête pour chasser la neige de ses cheveux.

Tony s'assit à califourchon sur une chaise face à lui avant de demander brusquement, son regard plongé dans le sien :

– Pourquoi as-tu tué Dara ?

Josh le dévisagea sans comprendre.

– Hein ?

Son corps était secoué de frissons.

– Je... j'ai si froid, dit-il, comme s'il avait déjà oublié les paroles de Tony.

– Je t'ai posé une question, Josh, insista celui-ci. Pourquoi as-tu fait ça ?

Josh posa de nouveau les yeux sur son compagnon, l'air toujours aussi désorienté.

– Fait quoi ?

– On a trouvé le corps de Dara. Pourquoi l'as-tu tuée ?

– Dara ? répéta Josh, hébété.

Pendant un instant, il parut chercher un sens à ce qu'il venait d'entendre, puis il secoua la tête en déclarant :

– Désolé.

– Désolé ! s'exclama Tony. C'est tout ce que tu trouves à dire ! Mais tu es complètement fou, mon pauvre vieux.

– Désolé... je ne comprends pas, s'excusa Josh. Je suis mort de froid... J'ai marché toute la journée dans la neige et...

Soudain, ses yeux s'agrandirent. Une expression incrédule se peignit sur son visage écarlate.

– Qu'as-tu dit à propos de Dara ? demanda-t-il dans un souffle.

– Elle est morte ! cria Jenny d'un ton exaspéré. Et tu le sais puisque c'est *toi* qui l'as tuée.

Josh se leva si vivement que sa chaise tomba au sol.

– Non ! hurla-t-il. Vous êtes tous devenus fous ! Je ne comprends rien à ce que vous dites.

Il prit sa tête entre ses mains et se frotta le visage comme s'il espérait reprendre ses esprits.

Carly lui servit une tasse de thé fumant.

– Tiens, bois ça.

Elle le regarda porter la tasse à ses lèvres d'une main

tremblante, puis se retourna vers le comptoir pour servir les autres.

Les yeux baissés, Josh but une longue gorgée, puis une autre, avant de redresser lentement sa chaise et de se rasseoir. Finalement, il leva les yeux vers moi et me demanda :

– Dara est vraiment morte ? Vous ne me racontez pas d'histoires ?

J'acquiesçai d'un signe de tête sans cesser de chercher sur ses traits la preuve de sa culpabilité. Mais plus je le regardais, plus son expression surprise et peinée me paraissait sincère. Pourtant, quel doute pouvait-il y avoir ? Sa lettre ne l'accusait-elle pas aussi sûrement que des aveux ?

Ses mains tremblantes, son étonnement... tout n'était que mensonges. Et s'il avait affronté le blizzard, arrivant à demi mort de froid, c'était uniquement pour récupérer la preuve de son forfait.

– C'est impossible, fit-il en secouant la tête. Dara ne peut pas être morte.

J'eus un petit sourire désabusé. Décidément, il était un acteur hors pair !

– Laisse tomber, Josh, conseillai-je avec un soupir. Nous savons tout. Nous avons découvert la lettre.

– Pourquoi as-tu fait ça ? hurla soudain Jenny.

Ken s'approcha rapidement d'elle et la serra contre lui pour la calmer. Josh la regarda un instant, l'air toujours aussi confus, puis se tourna de nouveau vers moi pour demander :

– Quelle lettre ?

Je levai les yeux au ciel.

– Celle que tu as écrite à Dara ! Elle était glissée dans un livre, sur sa table de chevet.

Au lieu de me répondre, Josh secoua rapidement sa tête de gauche à droite comme s'il voulait s'éclaircir les idées.

D'un geste agacé, Carly posa la théière sur la table et sortit de la cuisine. Nous l'entendîmes s'éloigner d'un pas rapide dans le couloir. Quelques secondes plus tard, elle réapparaissait avec la lettre dans la main. Elle la tendit à Josh :

– Tiens !

Josh s'en empara si vivement que Tony lui saisit immédiatement le poignet en déclarant :

– Donne-la-moi. Je n'ai pas envie que tu la détruises.

– Mais je veux juste la lire, se défendit Josh.

Tout en parlant, ses yeux parcouraient rapidement la feuille. Quand il redressa la tête, son visage si rouge l'instant précédent était devenu blême.

– C'est... c'est un coup monté, articula-t-il. Je n'ai jamais écrit cette lettre.

18

– Menteur ! cria Jenny. Tu n'as fait que mentir depuis que tu es arrivé ici !

– Pas du tout, protesta Josh. Cette lettre n'est...

– Comment oses-tu prétendre ignorer que Dara est morte ? coupa Jenny, rouge de colère. Nous ne sommes pas complètement stupides, tu sais.

Sans s'occuper de la discussion, Tony prit doucement la lettre des mains tremblantes de Josh.

– Je préfère la garder, murmura-t-il comme s'il se parlait à lui-même. Ce serait dommage de perdre notre seule preuve.

– Josh, c'est ridicule de mentir ainsi, intervint Ken en glissant un bras autour des épaules de Jenny pour la calmer. Tout t'accuse, et la police ne s'y trompera pas quand nous lui montrerons la lettre et lui expliquerons que tu t'es enfui avec le 4 × 4.

Il avait parlé si calmement que je le regardai avec surprise. De nous tous, Ken était le seul à réellement garder son sang-froid.

– Vous vous trompez totalement ! s'exclama Josh. Je n'ai pas tué Dara ! Avant d'arriver ici, je ne savais même pas qu'elle était morte. De toute façon, ce n'est pas moi qui ai écrit cette fichue lettre !

Tony le dévisagea d'un air méprisant et soupira :

– Nous devrions l'enfermer dans une pièce en attendant demain matin. Il est presque deux heures. J'aimerais aller me coucher.

– Laisse-le d'abord nous donner sa version des faits, répondis-je. Vas-y, Josh, nous t'écoutons.

Tout le monde se rapprocha de la table, les yeux fixés sur le visage défait de Josh qui, les yeux baissés sur sa tasse, commença son récit :

– J'étais trop en colère pour me coucher tout de suite,

hier soir. Au lieu de regagner ma chambre, j'ai été boire un verre d'eau dans la cuisine, puis je suis retourné dans le salon...

– Pourquoi étais-tu en colère ? coupai-je. A cause du jeu de la vérité ?

Josh acquiesça d'un signe de tête.

– Je déteste qu'on se moque de moi devant tout le monde. Quand j'ai compris que Dara allait vous dire que, de tous les garçons avec qui elle était sortie, j'étais celui qui embrassait le plus mal, j'ai vraiment perdu la tête. Je savais qu'elle allait s'amuser à m'humilier, et à ce moment-là j'ai eu envie de l'étrangler.

– Ah ! Enfin, tu le reconnais ! s'exclama Jenny.

Je lui jetai un regard noir.

– Laisse-le continuer, veux-tu ?

– Je reconnais que j'ai eu envie de tuer Dara, admit Josh. Mais je ne l'ai pas fait. C'est vrai que je me sentais horriblement gêné. Je n'aime pas qu'on me ridiculise. Surtout lorsqu'il s'agit de Dara... Elle m'a déjà fait tant de mal...

Une sorte de pitié monta en moi tandis que j'écoutais Josh. Le pauvre garçon ne se rendait même pas compte qu'il était en train de se trahir en répétant presque mot pour mot ce qui était écrit dans la lettre !

– J'étais tellement en colère que j'ai eu envie de lui donner une leçon, poursuivit-il.

– Tu parles d'une leçon ! remarqua Ken avec cynisme.

Ignorant ces paroles, Josh poursuivit :

– Alors, j'ai pris les clés du 4 × 4 et je suis parti au

lever du jour. Je sais que c'était idiot comme idée, mais je me réjouissais déjà en imaginant la tête qu'elle ferait en s'apercevant qu'elle n'avait plus de voiture. Finalement, il ne s'agissait que d'une petite vengeance par rapport à tout le mal qu'elle m'avait fait...

– Et alors ? Pourquoi es-tu revenu ? demandai-je.

Josh se mordit la lèvre et garda les yeux fixés sur sa tasse pour répondre :

– Parce que je suis un imbécile ! J'étais trop énervé pour conduire. Et comme il y avait de la neige sur la route...

– ... tu as eu un accident ? dis-je pour achever sa phrase.

Il hocha la tête.

– Avec la tempête, je ne voyais plus rien, expliqua-t-il. Quand j'ai senti la voiture glisser dans le ravin, il était déjà trop tard. J'ai bien essayé de sortir, mais il n'y avait rien à faire. Finalement, j'ai décidé de laisser le moteur tourner pour me réchauffer jusqu'à ce qu'une autre voiture passe. Malheureusement, je n'ai vu personne. Pas une seule voiture en deux heures.

– C'est ce qui t'a poussé à revenir ici, dis-je.

– Qu'est-ce que je pouvais faire d'autre ? Le réservoir était vide et je serais mort de froid si j'avais attendu plus longtemps. Bien sûr, l'idée de revenir et d'annoncer à tout le monde que j'avais eu un accident avec le 4 × 4 ne m'enchantait guère, mais je n'avais pas le choix.

Josh haussa les épaules d'un air désabusé avant de poursuivre :

– Mais cela n'était rien à côté de ce qui m'attendait... Au bout d'une demi-heure de marche, j'ai compris que je m'étais perdu. J'avais tellement froid que j'ai cru mourir. Puis j'ai perdu la notion du temps. J'ai continué à marcher droit devant moi comme un automate, sans avoir la moindre idée de la direction que je suivais. C'est un miracle que je me sois retrouvé ici.

Son récit terminé, Josh leva les yeux et nous examina les uns après les autres d'un air anxieux.

– Je n'arrive pas à imaginer que Dara est morte, reprit-il dans un murmure.

A ma propre surprise, je m'aperçus que je croyais à sa sincérité. Josh n'avait pas assassiné Dara. Mais si ce n'était pas lui, alors qui... ?

La gorge serrée, je dévisageai un à un mes autres compagnons.

Le lendemain matin, je fus éveillée par une sale lumière jaune. Je me tournai en maugréant vers la fenêtre d'où je pouvais voir la neige tourbillonner dans le vent. La tempête n'était toujours pas terminée.

Avec un soupir, je m'assis dans mon lit et mis ma tête entre mes mains. Ce cauchemar allait-il s'achever un jour ? Ou ne s'arrêterait-il qu'avec notre mort à tous ?

J'enfilai rapidement un caleçon noir et un grand sweat bleu et sortis dans le couloir. Des voix me parvenaient de la cuisine, accompagnées de relents de bacon frit et de café. Je grimaçai, en proie à la nausée.

– Je ne me sens pas capable de déjeuner, ce matin, murmurai-je pour moi-même.

« Et encore moins capable de les revoir tous », pensai-je avec une irrésistible envie de sortir de cette maison, de fuir loin, très loin du cadavre de Dara et de son assassin.

« L'un d'entre nous est un criminel », me répétai-je encore une fois, l'estomac noué.

Le téléphone fonctionnait-il ce matin ? Quelqu'un avait-il appelé la police ?

Dans le doute, j'allai décrocher le combiné du salon et le portai à mon oreille. Rien. Pas la moindre tonalité. Je me mordis la lèvre pour ne pas éclater en sanglots.

– Bonjour, April.

Je fis volte-face en reconnaissant la voix de Ken. Debout dans l'embrasure de la porte, il me regardait en souriant, une tasse de café fumant dans sa main droite.

– Bonjour, murmurai-je.

– Bien dormi ? me demanda-t-il, l'air étrangement guilleret. Tu ne viens pas déjeuner ?

– Euh... si.

Je m'attendais qu'il s'efface pour me laisser passer, mais au lieu de cela il me barra le passage de ses deux bras tendus en demandant :

– Aurais-tu deux minutes à me consacrer ce matin ?

Surprise, je fronçai les sourcils.

– Euh... bien sûr, répondis-je d'un ton faussement détaché. Pourquoi ?

Il hésita un instant.

– Eh bien, j'aimerais discuter avec toi de ce que tu as dit l'autre soir.

Je déglutis, mal à l'aise sous son regard perçant. Maintenant, il n'y avait plus de doute : en m'écoutant, Ken avait deviné que je savais, pour la fille à Sumner Island. Pourtant, contrairement à lui, je n'avais aucune envie d'en parler. Il était trop tard, maintenant. D'ailleurs, que pourrais-je lui dire ? Que je ne me pardonnais pas de cacher la vérité à Jenny depuis des mois ? Que je le méprisais pour sa trahison, puis pour son silence ?

– Alors ? Tu as un moment à me consacrer ? insista-t-il.

– Plus tard, peut-être, répondis-je, désireuse d'éluder le sujet.

Je me reprochais silencieusement mon inconscience de la veille. Il ne fallait pas réfléchir beaucoup pour se douter que mon aveu aurait de désagréables conséquences... La prochaine fois, oui, je tournerais sept fois ma langue dans ma bouche avant de parler.

Si jamais il y avait une prochaine fois...

Ken n'insista pas. Abaissant son bras, il me laissa passer et me suivit sans un mot jusqu'à la cuisine. Je m'efforçai de chasser de mon esprit l'image de la fille de Sumner Island.

Assis autour de la table, Tony et Carly buvaient leur café en silence. Il n'y avait aucune trace de Jenny ni de Josh.

– Je me demande s'il va s'arrêter de neiger un jour, fit Tony dans un bâillement d'ennui.

– Neige ou pas neige, il faut que nous partions d'ici, déclara Carly.

Je l'approuvai d'un signe de tête. Dégoûtée par l'odeur du café, j'optai pour un verre de jus d'orange auquel je trouvai un arrière-goût aigre. J'essayai alors un toast beurré... avant de le reposer en grimaçant. Décidément, je n'avais pas envie de déjeuner ! Et encore moins de discuter avec Tony, Carly et Ken...

– Où est Jenny ? demandai-je.

– Elle dort encore, répondit Carly. Je crois que Josh aussi.

– On devrait garder un œil sur lui, intervint Tony, l'air inquiet.

Ken haussa les épaules.

– Où veux-tu qu'il aille ? Après son expérience d'hier, je doute qu'il affronte de nouveau le blizzard. Il est coincé ici, comme nous tous.

Incapable de supporter plus longtemps cette atmosphère, je sortis de la cuisine.

– Où vas-tu ? s'enquit Ken.

– Dans ma chambre, indiquai-je sans m'arrêter.

Je l'entendis me crier quelque chose que je ne compris pas, mais je ne ralentis pas. Je ne me sentais pas très sociable envers mes compagnons ce matin... et encore moins envers Ken.

Devant la porte de ma chambre, je me figeai brusquement, l'oreille tendue. Quelqu'un bougeait à l'intérieur. Je pouvais l'entendre ouvrir les tiroirs de la commode, claquer les portes de l'armoire... Mon cœur fit un bond dans ma poitrine. De qui pouvait-il s'agir ? Que cherchait-il dans ma chambre ?

Réunissant tout mon courage, j'inspirai profondément et ouvris la porte.

Josh ne tressaillit même pas. Penché au-dessus du dernier tiroir de ma commode, il était beaucoup trop occupé à fouiller dans mes affaires pour m'entendre.

19

– Josh, que fais-tu ici ? m'écriai-je depuis le pas de la porte.

Il sursauta et fit volte-face, le visage rouge de confusion.

– April, je... euh...

J'avançai sur lui.

– Que cherches-tu ici ? Pourquoi fouilles-tu partout dans ma chambre ?

Son teint était cramoisi. Il repoussa ses lunettes sur son nez et murmura en regardant ses chaussures :

– Le stylo.

– Le stylo ? répétai-je sans comprendre.

– Le stylo-bille rouge avec lequel a été écrite la lettre à Dara.

Il se balançait d'un pied sur l'autre, mal à l'aise, en évitant toujours mon regard.

– Tu reconnais donc que c'est ton stylo, dis-je.

– Au contraire, April. C'est justement parce qu'une autre personne que moi a écrit cette lettre que je cherche ce stylo. Quand je découvrirai son propriétaire, je saurai qui a tué Dara.

– Et tu penses que c'est *moi* la propriétaire ! m'exclamai-je, profondément choquée.

Josh ne répondit rien. Les bras croisés sur la poitrine, je répétai :

– Crois-tu vraiment qu'il puisse s'agir de moi ?

Il haussa les épaules en signe d'ignorance.

– Je n'en sais rien. Tout ce que je sais, c'est que l'un d'entre vous a écrit cette lettre dans l'intention de m'accuser du meurtre de Dara.

– Mais, Josh...

– Ce stylo est certainement quelque part, coupa mon compagnon. Et j'ai l'intention de fouiller chaque pièce jusqu'à ce que je le trouve. Grâce à lui, je prouverai mon innocence.

– Prouve ton innocence si tu veux, m'exclamai-je avec rage, mais sors de ma chambre ! Ton fichu stylo n'est pas ici !

Tout en parlant, je l'agrippai par la manche et le poussai vers la porte. Il me décocha un regard furieux et blessé, mais n'opposa aucune résistance.

– Je n'en peux plus ! m'écriai-je une fois seule en me laissant tomber sur le lit.

Des larmes de désespoir commencèrent à couler sur mes joues. Je savais que j'avais eu tort de me conduire ainsi avec Josh et que ce garçon, s'il était réellement innocent, n'avait pas d'autre choix que de le prouver.

Mais je ne supportais plus de me trouver mêlée à cette horrible histoire, et le découvrir en train de fouiller dans mes affaires m'avait mise hors de moi.

Je devais fuir cette maison. Fuir avant de devenir complètement folle. Peu importaient la neige et le froid, il fallait absolument que je sorte d'ici. Que je trouve un moyen de rentrer chez moi, en sécurité.

Mon cœur battait à me briser la poitrine. Je savais que j'étais incapable de raisonner logiquement, mais je m'en moquais. Ma décision était prise.

J'enfilai un pull et sortis silencieusement dans le couloir, en espérant que personne ne me verrait passer devant la cuisine.

Une fois dans l'entrée, j'enfilai mes bottes par-dessus mon caleçon, puis me dirigeai vers les anoraks que nous avions jetés les uns sur les autres au retour de notre promenade nocturne. Après quelques secondes de vaines recherches, il fallut me rendre à l'évidence : ma parka avait disparu.

– Etrange, murmurai-je pour moi-même.

J'ouvris le placard près de la porte d'entrée. Il était totalement vide. Peut-être avais-je emporté ma parka dans ma chambre sans m'en rendre compte ? Je décidai de le vérifier en y retournant. Mais, là aussi, mes recherches restèrent sans effet. Surprise, je m'assis sur le lit pour réfléchir. Avais-je remis ma parka depuis le soir de notre arrivée ? Je me souvenais très bien que l'anorak que m'avait apporté Ken lors de notre funeste sortie jusqu'au garage n'était pas le mien, qui devait donc toujours se trouver dans la pile avec les autres... A moins que quelqu'un ne l'ait emprunté...

Soudain, mon sang se glaça dans mes veines. Une image venait de s'imposer à mon esprit. Une image effrayante.

Je me mis à trembler violemment sous le choc.

20

J'avais devant les yeux l'image terrifiante de Dara, morte et gelée sur le sol du garage.

Dara, raide, ses yeux bleus écarquillés d'horreur dans son visage bleu de froid. Autour de la hache plantée dans son dos s'étalait une grosse tache de sang gelé. Une tache rouge qui contrastait avec la parka bleue qu'elle portait.

Ma parka bleue ?

Je fronçai les sourcils, essayant de me rappeler : Dara portait-elle vraiment ma parka ? Etait-ce celle qu'elle avait choisie dans le tas d'anoraks jetés sur le sol vendredi soir ?

Incapable de supporter plus longtemps ce doute, je me précipitai vers la porte sans même prendre le temps d'enfiler un manteau.

Il avait tant neigé depuis deux jours que je m'enfonçais dans la neige jusqu'aux genoux. Je progressais lentement, un pas après l'autre, la neige poussée par le vent me cinglant le visage comme si elle voulait m'empêcher d'avancer. Mais j'avais trop besoin de savoir. Rien n'aurait pu me détourner de mon but.

Enfin, j'arrivai au garage. La porte s'ouvrit sans résistance. Par l'autre porte ouverte, j'apercevais la cuisine allumée et les silhouettes mouvantes de mes compagnons derrière la vitre. J'avançai à pas lents vers le corps allongé de Dara, déposant de grosses traces de neige fondue sur le sol bétonné.

Je m'arrêtai à un mètre de son cadavre, le souffle court. Personne ne lui avait fermé les yeux, et elle me fixait toujours de son regard effrayé et accusateur. Les jambes en coton, je m'adossai au mur. Comme dans mon souvenir, elle portait une parka bleue. *Ma* parka.

Je sentis mes cheveux se dresser sur ma tête tant j'étais terrifiée. Lorsque nous étions sortis vendredi soir, je portais le même vêtement. Dara avait les cheveux clairs comme moi, nous avions à peu près la même taille, la même corpulence... Dans la nuit, vêtues de la même manière, n'importe qui aurait pu nous confondre, et alors...

Soudain, je m'imaginai à la place de Dara, le visage bleui de froid, le regard fixe. Morte.

Un voile noir tomba devant mes yeux, m'obligeant à m'asseoir sur le sol glacial. Alors, je sus avec certitude que ce n'était pas Dara mais moi-même qui aurais dû me trouver là, étendue dans le garage avec une hache dans le dos.

Abusé par ma parka, l'assassin s'était trompé de cible.

21

Une nausée soudaine me précipita hors du garage. Un écran bleu me bouchait la vue. Bleu comme le visage de Dara, comme ses yeux accusateurs, comme... ma parka.

Je me rinçai la bouche avec de la neige, frottant tout mon visage dans l'espoir de reprendre mes esprits et agir avec discernement.

Que devais-je faire ? Fuir ? Essayer de trouver l'assassin ?

Le froid s'insinuait en moi, et je me forçai à regagner le chalet sur mes jambes flageolantes. Mais une fois devant la porte, je compris que je ne parviendrais jamais à affronter mes compagnons. L'un d'eux avait cherché à m'assassiner et rien ne prouvait qu'il ne recommencerait pas. Finalement, il ne me restait qu'une seule solution.

Après avoir collé mon oreille à la porte pour m'assurer qu'il n'y avait personne dans l'entrée, je l'ouvris et m'emparai du premier manteau qui me tomba sous la main : un gros anorak rouge qui me descendait aux genoux.

Le temps de l'enfiler et je courais vers la route. Une voiture finirait bien par passer qui me conduirait jusqu'à la station où je préviendrais la police et mettrais enfin un terme à cet abominable cauchemar.

Je m'enfonçais dans les congères. La neige glacée pénétrait dans mes bottes, me mouillait les pieds. Je ne marchais que depuis cinq minutes, et déjà mon corps entier tremblait de froid... A moins que ce ne soit de peur ?

Je jetai un coup d'œil par-dessus mon épaule. Le chalet était silencieux, tranquille. Rien n'indiquait que quelqu'un m'avait vue partir.

Si je parvenais à résister au froid et au vent qui me cinglait le visage, tout s'arrangerait. Il fallait que je m'accroche à cette idée, la seule qui me donnât le courage nécessaire pour poursuivre ma route. J'étais partie et chaque pas m'éloignait un peu plus de mon assassin, voilà la seule chose qui comptait !

Je remontai ma capuche, que je serrai au maximum pour protéger mes joues du froid. Heureusement, l'anorak que j'avais choisi à l'aveuglette était grand et chaud ! Sans doute s'agissait-il de celui de Ken, car...

Songer à Ken me rappela notre rapide rencontre dans le salon le matin même. Qu'espérait-il en me demandant de parler un moment avec moi ? Sans doute voulait-il s'assurer que je ne raconterais rien à Jenny. Car, comme moi, il devait savoir que mon amie le quitterait sur-le-champ si elle apprenait l'existence de la fille de Sumner Island.

Je poussai un cri de surprise quand la neige s'effondra sous mon poids, m'engloutissant jusqu'à la taille. Il me fallut réunir toutes mes forces pour me hisser hors du trou que je venais de former et reprendre ma pénible marche en direction de la route principale. Le vent me brûlait le visage. Je ne sentais plus mes mains ni mes pieds, totalement engourdis par le froid.

Soudain, le découragement m'envahit. Je n'y arriverais jamais ! Depuis mon départ, je n'avais pas aperçu une seule voiture. La montagne était déserte. J'étais seule dans l'immensité blanche, et l'on ne me retrouverait, morte de froid, que dans plusieurs jours.

– Arrête, April ! me morigénai-je à voix haute pour m'encourager. Tu vas t'en sortir. Ce n'est pas le moment de flancher.

Résolue, j'enfonçai mes mains plus profondément dans les poches de l'anorak et me remis en route. Tout au fond d'une poche, je sentis un objet cylindrique et dur sous mes doigts. Je le sortis pour l'examiner... et m'arrêtai de marcher, le cœur battant.

J'avais devant les yeux un stylo-bille.

Je le décapuchonnai et en examinai la pointe avec anxiété.

Rouge.

Cette fois, il n'y avait plus de doute. Le stylo que je tenais à la main avait servi à écrire la lettre retrouvée dans la chambre de Dara.

22

Un long frisson d'angoisse me parcourut.

Ma main tremblait tellement que je faillis laisser tomber le stylo dans la neige. Je m'empressai de le replacer dans la poche de l'anorak.

Tout en recommençant à marcher, je réfléchis à ce nouveau rebondissement. Si mes conclusions étaient exactes, ce n'était pas Josh l'assassin, mais Ken. Et dans ce cas, je ne m'étais pas trompée. Dara avait été victime d'une erreur. Le cadavre rigide dans le garage aurait dû être le mien.

J'essayai de me représenter la scène. Ken en train de suivre Dara dans la nuit, ne voyant que son dos, ma parka bleue et ses cheveux blonds, et s'imaginant qu'il s'agissait de moi. Il était entré derrière elle dans le garage et, tandis qu'elle se baissait pour ramasser des bûches, avait saisi la hache sur le mur et...

Je fermai un instant les yeux.

Pourquoi ? Pourquoi avait-il fait ça ?

A cause du jeu de la vérité ? Parce qu'il craignait que je ne révèle son aventure de Sumner Island à Jenny ?

Le pire, c'est qu'une fois conscient de son erreur, il s'était empressé d'écrire une lettre accusant Josh...

A cette idée, je m'arrêtai et regardai derrière moi. Je n'apercevais plus le chalet, mais je savais que là-bas Josh essayait désespérément de prouver son innocence. Le pauvre devait continuer à fouiller le chalet à la recherche du stylo qui accuserait le véritable assassin. Peut-être même ses compagnons sceptiques et inquiets l'avaient-ils, suivant les conseils de Tony, enfermé dans une chambre... Et pendant ce temps, je m'éloignais avec la seule preuve susceptible de l'innocenter.

Je levai les yeux vers le haut de la colline. Plus je montais, plus le vent se faisait glacial et cinglant. La route enneigée grimpait encore sur des centaines de mètres, puis redescendait hors de ma vision de l'autre côté, avant de remonter vers un sommet plus haut encore. C'était là, si loin que je ne la distinguais pas à travers les flocons, que se trouvait la station.

Je poussai un soupir de découragement. Je n'y arriverais jamais !

Je songeai un instant à rebrousser chemin pour faire part de ma découverte à mes compagnons et laver Josh de tout soupçon. Mais probablement faudrait-il plus qu'un simple stylo pour les convaincre de la culpabilité de Ken... Et Dieu sait ce que ce dernier ferait à ce moment-là...

Je continuai donc et avais presque atteint le sommet de la colline quand j'entendis des crissements sur la neige. Je les ignorai au départ, mais ils se rapprochèrent, bientôt accompagnés d'un halètement. Il n'y avait plus de doute possible. Quelqu'un grimpait derrière moi.

Le cœur battant, je me retournai et aperçus une silhouette qui se rapprochait rapidement, courbée au-dessus du sol. La neige qui tombait toujours à gros flocons m'empêchait de distinguer ses traits.

Qui était-ce ? L'un de mes compagnons ?

Les halètements se firent plus forts. Effrayée, j'accélérai le pas. Alors, mon poursuivant se mit à courir pour me rattraper, gagnant du terrain à chaque instant.

Finalement, il était à moins d'un mètre et s'apprêtait à m'attraper quand je m'aperçus avec horreur qu'il s'agissait de Ken. Dans mon affolement, je glissai et tombai dans la neige. Il ne lui en fallut pas plus pour se jeter sur moi. Je poussai un hurlement strident en sentant ses deux bras se refermer autour de ma taille. Mais, conscient que personne ne pourrait m'entendre dans ce désert de coton, il resserra son étreinte et me retourna vers lui.

– Je t'en prie, Ken, lâche-moi, suppliai-je. Lâche-moi !

23

Ken m'immobilisa sur la neige, mais je me débattis avec tant de force que je finis par rouler sur le côté et échapper à son emprise.

– Hé ! cria-t-il avec colère.

J'ignore par quel miracle je parvins à me redresser sur mes deux jambes. J'étais recouverte de neige. Je la sentais partout, collée à mes cheveux, au col de mon anorak, me dégoulinant dans le dos.

– April, qu'est-ce qui ne va pas ? cria Ken en se relevant à son tour.

– Ne me touche pas ! lui ordonnai-je en guise de réponse.

Le sang battait à mes tempes. J'inspirai profondément pour ralentir mon souffle affolé avant de demander :

– Pour... pourquoi m'as-tu suivie ?

Ken me regarda d'un air surpris.

– Pour te ramener, répondit-il. Tu vas mourir de froid si tu continues comme ça.

Je reculai d'un pas, certaine qu'il allait me tuer si je ne lui échappais pas au plus vite.

– Qu'est-ce qui te prend, April ? Tu n'as donc pas vu que j'essayais de te rattraper ? Pourquoi t'es-tu mise à courir ainsi ?

– Que veux-tu ? fis-je d'un ton sec sans répondre à ses questions. Je... je...

Trop paniquée pour penser clairement, je ne parvins pas à achever ma phrase.

Ken fit un autre pas vers moi.

– Si tu as l'intention de marcher jusqu'à la station, laisse-moi te dire que c'est de la folie, déclara-t-il. Il fait beaucoup trop froid, tu n'y arriveras jamais.

– Ecoute, Ken... commençai-je avec l'intention de lui avouer que je connaissais la vérité.

Je voulais lui dire que j'avais trouvé le stylo rouge dans sa poche et que je savais que c'était lui qui avait assassiné Dara avant d'écrire la lettre retrouvée dans sa chambre pour faire accuser Josh. Mais la peur m'en empêcha.

Un rapide coup d'œil vers la route déserte me rappela que j'étais seule, sans personne pour venir à mon secours s'il décidait de commettre son forfait sur-le-champ. Si je voulais m'en sortir, il fallait au contraire que je gagne du temps en le persuadant que je n'étais au courant de rien.

– Tu as pris mon anorak, remarqua-t-il sans cesser de me fixer dans les yeux.

– Je... J'avais l'intention de te le rendre.

Il poussa un soupir agacé.

– April, c'est pour toi que je m'inquiète, pas pour mon anorak ! Il est peut-être grand et épais, mais certainement pas assez chaud pour marcher par un froid pareil.

– C'est pour me dire ça que tu me suis depuis tout à l'heure ? demandai-je d'un air faussement surpris.

Il fallait absolument que j'entretienne la conversation jusqu'à ce que quelqu'un passe sur la route ou que je trouve un moyen de lui échapper.

– Je n'avais pas l'intention de te suivre, expliqua-t-il. C'est Jenny qui m'a envoyé. Elle t'a vue partir depuis la fenêtre et s'inquiétait pour toi.

Il parlait sans difficulté, une expression profondément sincère sur les traits. Je plongeai mon regard dans le sien dans l'espoir qu'il se trouble, mais il ne cilla pas.

– Elle craignait que tu ne te perdes et que tu ne meures de froid, poursuivit-il.

J'avais décidément affaire à un menteur de premier ordre ! Me croyait-il vraiment assez stupide pour donner foi à ses balivernes ?

– Est-ce que le téléphone est réparé ? demandai-je.

Ken secoua la tête.

– Pas encore.

Je glissai une main dans mes cheveux trempés. La neige qui dégoulinait le long de ma nuque me glaçait le dos.

– Dans ce cas, je dois continuer, dis-je. Il faut que je prévienne la police.

– Mais nous n'y arriverons pas ! s'énerva Ken. Nous

serons morts de froid avant. Si c'est Josh qui t'inquiète, tu peux te rassurer tout de suite. Tony ne le quitte pas des yeux et il ne tentera rien.

« Josh n'est pas l'assassin ! » aurais-je voulu hurler. Mais, bien sûr, je gardai cette remarque pour moi.

Du bout des doigts, je triturais le stylo-bille dans ma poche, me retenant de le jeter au visage de mon compagnon. « Voilà ton stylo, Ken, lui aurais-je dit. Celui qui t'a servi à écrire la lettre accusant Josh du meurtre que tu as commis. »

Mais que se serait-il passé alors ? Ken m'aurait-il tuée sur place ? Après tout, le lieu se prêtait parfaitement à un crime. Il n'y avait personne à des kilomètres et, dissimulé sous des monceaux de neige, mon corps ne serait pas découvert avant la fonte du printemps.

– Allez, rentrons, maintenant, fit Ken d'un ton sans réplique. Je commence à geler, moi aussi.

Avançant d'un pas, il prit fermement mon bras.

Consciente des risques que j'encourais si je le contrariais, je le suivis sans résistance.

De toute façon, il avait raison sur un point : transie de froid comme je l'étais, je n'avais aucune chance d'atteindre la station.

Mieux valait le suivre jusqu'au chalet sans éveiller ses soupçons, puis m'enfuir de nouveau après avoir pris soin d'enfiler des vêtements plus chauds.

Puisque, de toute évidence, Ken ne soupçonnait pas un instant que j'avais découvert la vérité, je devais profiter de son ignorance pour mener à bien mon plan.

Une fois de retour, j'avertirais Jenny. La vérité la blesserait horriblement, sans doute, mais j'étais sûre qu'elle me pardonnerait de lui avoir caché si longtemps ce que je savais sur son petit ami. Peut-être même me proposerait-elle de fuir avec moi... A cette perspective, je sentis mes forces revenir. J'étais tellement lasse de tous ces secrets ! Il était temps que je me décide à agir comme une véritable amie et révèle enfin à Jenny la vraie nature de Ken.

Nos pas crissaient sur la neige tandis que nous retournions vers le chalet. Rompant le silence, je demandai à mon compagnon d'un ton faussement désinvolte :

– Pourquoi t'es-tu jeté sur moi tout à l'heure ?

– Je ne l'ai pas fait exprès, se défendit-il. Simplement, je courais trop vite et je n'ai pas pu m'arrêter à temps. Je ne t'ai pas fait mal, n'est-ce pas ?

Il se tourna vers moi, et je dus faire appel à toute ma volonté pour ne pas l'insulter. Comment pouvait-il afficher cet air compatissant alors qu'il avait voulu m'assassiner ?

– Non, fis-je en détournant les yeux. Tu m'as juste effrayée.

Soudain, il s'arrêta et planta son regard noir dans le mien en déclarant :

– Il faut que nous discutions à propos de l'autre soir, April.

J'avalai ma salive, mal à l'aise. Devant mon silence, il poursuivit :

– Ta réponse au jeu de la vérité... Cela signifie-t-il que...

– Je t'ai vu cet été, Ken, coupai-je, incapable de me contenir plus longtemps.

Mon ton était méprisant, et je regrettai instantanément mes paroles. Mais, contrairement à mon attente, mon compagnon ne montra aucun signe de contrariété. Il se contenta de me regarder en silence, une expression coupable sur les traits. Alors, comme encouragée, je repris :

– Je t'ai vu avec cette fille sur la plage. Vous vous embrassiez et...

Aucun muscle de son visage ne bougea. Il restait là, immobile et silencieux comme une statue. Puis, brusquement, il m'attrapa le bras et demanda :

– En as-tu parlé à Jenny ?

Je me dégageai avec un cri d'effroi.

– Non, je ne lui ai rien dit ! m'empressai-je de le rassurer. Elle ne sait rien, Ken.

Il me fixait toujours, comme s'il cherchait à lire la vérité dans mon regard.

– J'ai voulu le lui dire, avouai-je alors. J'ai même failli le faire plusieurs fois, mais... je n'en ai jamais eu le courage.

Je retins un cri quand il me saisit par le poignet et me demanda en secouant la tête avec incrédulité :

– Et tu savais depuis tout ce temps ?

J'acquiesçai d'un signe de tête.

– Je suis désolé, April, murmura-t-il. Sincèrement désolé.

24

Je fis un bond en arrière, certaine que le moment final était arrivé. Dans un instant, il allait placer ses mains autour de ma gorge et serrer, serrer...

– Ken ! hurlai-je, en proie à une peur panique.

Mon cœur frappait douloureusement dans ma poitrine. Echappant à la main qui maintenait mon poignet, je m'élançai à toute allure vers le chalet.

A ma grande surprise, Ken n'essaya pas de me rattraper, se contentant de me suivre tranquillement en plaçant ses pieds dans mes traces, une expression grave et pensive sur les traits.

Dans ma folle course, je ne m'aperçus pas immédiatement que la neige avait enfin cessé de tomber. Ce n'est que lorsque le premier rai de soleil perça à travers la couche de nuages que je compris que la tempête était passée. Le vent s'était calmé et la température commençait déjà à remonter.

Je remerciai silencieusement le ciel. Sans le blizzard et le froid, Jenny et moi n'aurions aucune difficulté à monter à la station.

J'avais presque atteint le chalet quand Ken accéléra le pas pour me rattraper. Il arriva à ma hauteur au moment où j'ouvrais la porte. Sans le regarder, je jetai son anorak sur la pile de manteaux dans l'entrée et demandai d'un ton faussement détaché :

– Où sont les autres ?

– April, il faut que nous parlions, fit-il comme s'il n'avait pas entendu ma question.

Je ne pus réprimer un frisson quand il me saisit le bras.

– Plus tard ! criai-je en me dégageant. Pour l'instant, j'ai besoin de boire quelque chose de chaud.

– Mais, April...

– Salut, Ken. Tu es de retour ?

Je me tournai vers Tony qui venait d'arriver dans l'entrée, le panier à bois dans une main.

– On se gèle, ici, poursuivit celui-ci. Je sors chercher un peu de bois pour la cheminée. Tu viens m'aider ?

Avant que Ken ait pu protester, il le prit par le bras et l'entraîna dehors.

Je poussai un soupir de soulagement.

Dans le salon, je trouvai Jenny en compagnie de Carly.

– Il faut que je te parle, déclarai-je immédiatement en m'approchant d'elle. Seule.

Carly fronça les sourcils d'un air suspicieux, mais je décidai de l'ignorer et entraînai rapidement mon amie vers la cuisine.

– April, que se passe-t-il ? Quelque chose ne va pas ?

– Dis plutôt que rien ne va, répondis-je.

– En effet, tu as l'air complètement affolée. Regarde-toi, tu es toute trempée ! Quelle idée t'a pris de partir comme ça sous la neige ! Tu aurais pu nous prévenir...

– Ne t'occupe pas de ça, Jenny, coupai-je avec impatience. Il faut que je te parle. Je...

Ma voix s'étrangla, mais je me raclai la gorge pour poursuivre malgré ma gêne :

– Il y a des mois que j'aurais dû tout t'avouer...

Mon amie posa sa main sur ma bouche.

– Chut, April. Pas ici. Tout le monde pourrait t'entendre.

– Tu as raison. D'ailleurs, il faut que nous partions d'ici. Ce que j'ai à te dire concerne Ken. Il...

Carly s'encadra dans le chambranle de la porte.

– C'est confidentiel ? demanda-t-elle sur le ton de la plaisanterie.

– *Très* confidentiel, répondit vivement Jenny.

– Il ne me reste plus qu'à espérer que vous ne dites pas de mal de moi ! répliqua Carly, vexée, en se dirigeant d'un pas digne vers le réfrigérateur.

Elle prit une boîte de Coca pour se donner une contenance et sortit de la pièce en claquant la porte.

Je me tournai immédiatement vers Jenny.

– Il ne neige plus, dis-je. Nous pourrions rejoindre la station à skis.

Mon amie écarquilla les yeux de surprise.

– A skis ? Maintenant ? Pourquoi cet affolement ?

– Je t'expliquerai en route, Jenny. Pour l'instant, je te le répète, nous devons partir d'ici au plus vite. Je suis au courant de tout pour le meurtre !

A ces mots, l'expression de Jenny changea brusquement. Le teint blême, elle me répondit :

– C'est bon. Allons-y.

– Les skis sont dans le garage. Nous avons juste le temps de nous changer avant que Tony et Ken ne rentrent avec le bois.

25

J'enfilai à la hâte deux pulls, un collant et un pantalon avant de retrouver Jenny dans l'entrée. Elle avait mis un bandeau sur sa tête et portait une combinaison de ski orange.

Après avoir vérifié si la voie était libre, nous nous dirigeâmes vers le garage. J'eus un petit frisson en entrant dans ce grand espace froid au bout duquel gisait toujours le corps glacé de Dara. Sans un regard dans cette direction, je pris mes skis et m'empressai de sortir.

– Ils vont commencer à déblayer les routes, dis-je à Jenny. Nous trouverons certainement quelqu'un pour nous indiquer un poste de police.

Penchée sur ses skis, elle acquiesça d'un signe de tête.

– Allons-y, la pressai-je en lui prenant le bras.

Nos skis glissaient facilement sur la neige épaisse et craquante. Après avoir contourné le chalet, je poussai sur mes bâtons et m'élançai vers le bas de la pente. Jenny me rattrapa et skia à côté de moi.

Il me sembla entendre un cri derrière nous, mais je ne me retournai pas. Etait-ce Ken qui nous appelait ?

Un rapide regard vers mon amie m'assura qu'elle n'avait rien remarqué.

J'essayai d'oublier mon anxiété en écoutant le doux crissement des skis sur la neige. Mais rien n'y faisait. J'avais beau me répéter que dans moins d'une demi-heure nous serions à la station et que plus rien de grave ne pouvait arriver, l'angoisse qui me tordait l'estomac refusait de disparaître. Soudain, je m'aperçus que je pleurais. Les larmes coulaient doucement sur mes joues froides sans que je puisse les arrêter.

– April, qu'est-ce que tu as ? demanda Jenny avec inquiétude.

Il n'en fallut pas plus pour que mes larmes silencieuses se transforment en sanglots. Sans cesser de skier, je hoquetai en essayant désespérément de reprendre mon souffle. Brusquement, ce fut comme si toute la tension nerveuse accumulée depuis le premier soir de notre arrivée se libérait dans un torrent de pleurs.

– April, ça va ? insista Jenny, près de moi.

Je hochai la tête.

– Ce n'est rien. Ça va aller, la rassurai-je entre deux sanglots. Tout va bien, maintenant que nous sommes parties.

Soudain, un bruit de moteur nous fit tourner la tête vers le télésiège.

– Regarde ! Ils viennent de le remettre en marche ! s'écria mon amie en désignant les sièges métalliques couverts de neige qui montaient lentement vers le haut de la piste. Mais comment se fait-il qu'il n'y ait personne dessus ?

– Le blizzard n'a pas cessé depuis assez longtemps pour que les skieurs soient déjà sortis, répondis-je. Je suppose que l'on ne va pas tarder à ouvrir les pistes.

Je jetai un regard autour de nous et tendis le bras en direction du télésiège en m'exclamant :

– Regarde, j'en vois un !

L'homme en combinaison bleue se tenait immobile en bas de la piste. Enfin, quelqu'un allait nous venir en aide !

Rassérénée, j'appuyai sur mes bâtons et me laissai glisser vers lui.

– Monsieur ! criai-je dès que je fus à sa portée. Nous avons besoin d'aide !

Il se tourna dans ma direction, mais ne répondit rien, et pendant un instant je crus qu'il ne m'avait pas entendue. En arrivant près de lui, je m'aperçus qu'il s'agissait d'un vieil homme. Sans doute était-ce lui qui avait remis en marche le télésiège.

– Nous avons besoin d'aide, répétai-je en me rapprochant. Il faut que nous contactions la police.

Avec un hochement de tête, il me désigna le sommet de la colline.

– Montez au poste des pisteurs, là-haut, fit-il. Ils ont un téléphone.

Une bourrasque projeta les sièges vides sur le côté, faisant voler la neige qui les recouvrait. Leur grincement lugubre dans le silence blanc de la montagne me fit penser aux chariots d'un train fantôme.

Nos bâtons de ski sous les bras, Jenny et moi prîmes place sur l'un des sièges, qui vibra légèrement sous notre poids. Le câble au-dessus de nous émit un craquement lugubre. Je rabattis la barre de protection avec un désagréable pressentiment. Etait-ce cette immensité blanche et désolée autour de nous ? La peur continuait à me coller à la peau.

Le câble grinçait de plus en plus fort à mesure que nous nous élevions dans les airs. Soudain, alors que nous approchions de l'arrivée, Jenny se tourna vers moi en déclarant d'une voix grave :

– Je suis désolée, April.

Je plissai les yeux sans comprendre.

– Que veux-tu dire ?

– Je suis vraiment désolée, répéta-t-elle, mais tu ne me laisses pas le choix.

Avant que j'aie pu répondre, elle releva la barre de sécurité.

Puis, m'attrapant par l'épaule, elle me poussa de toutes ses forces vers l'avant.

26

– Non ! hurlai-je, affolée, en me sentant basculer dans le vide.

Je me rattrapai *in extremis* à l'accoudoir métallique sur le côté. D'un geste rapide, je me rejetai au fond du banc, faisant dangereusement osciller le siège.

Avec un grognement de colère, Jenny me poussa de

nouveau. Mais, l'effet de surprise passé, je parvins à lui résister et l'attrapai à mon tour par les épaules.

– Jenny, qu'est-ce qui te prend ? demandai-je, tout en continuant à l'immobiliser.

Elle se débattait avec énergie et, pendant un instant, je crus que notre siège allait se détacher, nous laissant toutes les deux inertes et sans vie une trentaine de mètres plus bas.

– Lâche-moi ! Lâche-moi ! hurla Jenny.

Une vibration un peu plus forte m'arracha un cri d'effroi. Je jetai un regard au-dessous de nous. Même l'épais tapis de neige ne suffirait pas à amortir notre chute et je grimaçai en imaginant le craquement que produiraient mes os en se brisant au sol.

Cette vision me redonna des forces.

– Non ! hurlai-je en serrant plus fort les poignets de Jenny.

Interloquée par ce regain d'énergie, ma compagne cessa un instant de se débattre.

– Pourquoi, Jenny ? Pourquoi ? demandai-je.

Me contemplant d'un air hagard, elle répondit :

– Parce que tu connais la vérité sur la fille de Sumner Island.

J'écarquillai les yeux de surprise. Ainsi, Jenny savait tout depuis le début ! Mais quel rapport cette histoire avait-elle avec moi ? Quel intérêt avait-elle à me tuer ?

– Tu sais tout sur cette fille ! répéta-t-elle d'une voix suraiguë.

Une voix de démente, songeai-je avec frayeur.

– Mais, Jenny... commençai-je.

– J'ai compris ton allusion pendant le jeu de la vérité, April, coupa-t-elle. C'était un avertissement, n'est-ce pas ?

– Un avertissement ? répétai-je, de plus en plus médusée. A toi ? Mais, Jenny, dans quel b... ?

– J'ai bien compris ton avertissement, répéta-t-elle sans m'écouter.

Puis, profitant de ma confusion, elle se dégagea vivement et m'agrippa par les épaules. Mais, au lieu de me pousser, elle se contenta de me fixer gravement dans les yeux.

– Tu voulais me signaler que tu savais tout et que tu allais le révéler, n'est-ce pas ?

J'ouvris la bouche pour répondre, mais elle ne m'en laissa pas le temps.

– Je sais que tu voulais tout révéler ! insista-t-elle de cette voix démente que je ne lui connaissais pas. Mais je te jure que je n'avais pas l'intention de tuer cette fille, April. C'était un accident !

27

Comme dans un cauchemar, j'entendis le câble grincer sinistrement au-dessus de nos têtes tandis que je contemplais Jenny, bouche bée de surprise et d'horreur.

Soudain, j'eus l'impression que le temps s'était immobilisé. J'étais comme statufiée, incapable de faire le moindre geste, l'esprit enveloppé par un brouillard dense et infini.

– Alors, depuis quand sais-tu toute l'histoire ? demanda Jenny.

Cette question me sortit de ma léthargie. Je la regardai, ses beaux cheveux châtains soulevés par le vent, son regard bleu planté dans le mien. J'inspirai profondément avant de répéter stupidement :

– Toute l'histoire ?

Je devais être en état de choc. Victime d'hallucinations. Jenny venait-elle vraiment de dire qu'elle avait *tué* cette fille ?

– Ken n'aurait pas rompu avec elle, reprit-elle, son si doux visage déformé par la haine et l'amertume. Si seulement il avait arrêté de la voir...

– Tu veux dire, après l'été ? parvins-je à articuler.

Mais Jenny ne répondit pas. Son discours semblait s'adresser plus à elle-même qu'à moi, et c'est les yeux perdus dans le vague qu'elle murmura :

– Elle s'appelait Barbara... Elle habitait Foster Mills... Barbara... répéta-t-elle, une expression douloureuse sur les traits.

– Ecoute, Jenny... commençai-je, dans l'espoir de la raisonner.

Mais elle ne m'écoutait pas. Perdue dans ses souvenirs, elle reprit avec un méchant ricanement :

– Oh ! Je savais ce qui se passait entre Ken et Barbara. Le jour de son départ en vacances, il m'avait promis de ne plus la revoir. Promis de lui dire adieu à Sumner Island.

Je vis son menton commencer à trembler. Son visage avait perdu toute couleur.

– Menteur ! hurla-t-elle brusquement. Menteur !

Une secousse nous ébranla quand le télésiège attaqua l'ascension de la partie la plus escarpée de la montagne. Indifférente à tout ce qui lui était extérieur, Jenny poursuivit :

– Il n'a jamais arrêté de la voir. Il était tout le temps fourré à Foster Mills pour la rencontrer. Alors... j'ai décidé de la rencontrer moi aussi.

Et moi qui culpabilisais de cacher ce que j'avais découvert à Jenny ! Si j'avais su qu'elle connaissait déjà toute l'histoire !

– J'ai vu Barbara, continua-t-elle d'une voix tremblante d'émotion. J'ai essayé de lui parler, de la raisonner. Mais... Je ne sais pas ce qui s'est passé... J'étais juste venue lui parler.

Nous montions de plus en plus haut, le siège se balançant de gauche à droite au-dessus de la montagne blanche et déserte.

– Elle était plutôt jolie, murmura pensivement Jenny, le regard toujours fixé droit devant elle. Enfin, à condition d'aimer ce genre, bien sûr. Tu sais, ces filles à la peau mate, aux yeux et aux cheveux noirs, au corps musclé... Nette et parfaite.

Un sourire mauvais tordit sa bouche un bref instant, puis son visage retrouva sa gravité quand elle répéta :

– Je ne sais pas ce qui s'est passé. J'ai dû avoir un coup de folie... ou quelque chose comme ça.

Je la contemplai, toujours incrédule. Jenny était folle. Complètement démente...

Et moi, j'étais piégée près d'elle, sur ce télésiège, à des mètres au-dessus du sol. Que ferait-elle après avoir terminé son récit ? Essaierait-elle encore de me jeter dans le vide ? Un frisson me parcourut à cette idée.

– C'était un accident ! hurlait-elle maintenant. Juste un accident. Nous nous sommes battues et... soudain, elle était morte. J'ai vu ses yeux exorbités me fixer, puis...

Elle s'arrêta, pensive, puis se tourna lentement vers moi, le regard brûlant.

– J'ai eu si peur, April ! Je me suis enfuie en courant de la maison de Barbara. Je voulais t'appeler en arrivant, te demander ce que je devais faire.

Elle poussa un long soupir.

– Mais j'étais trop effrayée à l'idée que quelqu'un sache la vérité. Je n'ai jamais rien avoué à personne. Imagines-tu le poids d'un tel secret ? demanda-t-elle soudain en m'agrippant par la manche. Ce que c'est que d'avoir peur à chaque minute ?

Je la regardai sans répondre, à la fois désolée pour elle et terrifiée par sa folie.

– Je n'ai jamais plus vécu normalement depuis ce jour, poursuivit-elle, la voix emplie de désespoir. Il ne se passe pas une minute sans que je pense à ce que j'ai fait. Je crains constamment qu'on ne découvre la vérité. Bien sûr, la police n'a jamais résolu l'affaire, mais cela ne change pas grand-chose, finalement.

Elle serra mon bras un peu plus fort.

– La peur ne me lâche jamais, April. Même lorsque la police a clos l'affaire, quand ils ont définitivement classé le dossier, elle ne m'a pas lâchée. J'ai toujours su qu'un jour quelqu'un découvrirait la vérité. Aussi, vendredi soir...

Jenny s'arrêta un instant et me fixa longuement avant de reprendre lentement :

– ... quand tu as parlé de la fille de Sumner Island... j'ai compris que le moment que je redoutais était arrivé. Toi, April ! C'est toi qui as réalisé mon pire cauchemar ! Et tu m'as fait comprendre que tu savais pour Barbara si cruellement, si calmement...

Je frissonnai devant son regard brillant de haine.

– Mais, Jenny...

Soudain, elle saisit mes épaules et me poussa violemment. Le siège vacilla d'avant en arrière puis reprit sa position initiale.

– Tu as réalisé mon pire cauchemar ! répéta-t-elle avec hargne. Mais je ne te laisserai jamais révéler mon secret. Jamais, tu m'entends ? Je... je...

– Alors, c'est toi qui as tué Dara, remarquai-je avec un calme qui me surprit moi-même.

– Je l'ai confondue avec toi ! Il faisait si noir dehors. J'ai reconnu ta parka... Je n'avais pas le choix. Tu connaissais mon secret !

– Mais tu l'as tuée, Jenny ! De sang-froid !

Jenny secoua violemment la tête, comme pour se débarrasser d'un mauvais souvenir.

– C'était un autre accident, se défendit-elle. Un autre

accident. Je connaissais à peine Dara. C'est à cause de toi que je l'ai tuée, April. C'est ta faute !

Je contemplai celle que je croyais être ma meilleure amie avec incrédulité. Comment avais-je pu la côtoyer si longtemps sans jamais m'apercevoir qu'elle était folle à lier ? Poussée par le besoin de savoir, je demandai :

– C'est toi qui as écrit la lettre soi-disant adressée par Josh à Dara ?

Elle acquiesça.

– Et tu as dissimulé le stylo dans la poche de l'anorak de Ken ?

Jenny hocha de nouveau la tête.

– Je savais qu'il y serait en sécurité. Ken ne me trahirait jamais.

– Tu veux dire qu'il est au courant pour Barbara ? m'écriai-je, horrifiée.

– Non ! Je t'ai déjà dit que personne ne le savait ! Tu es la seule, April.

– Jenny...

Sans me laisser terminer, elle me secoua violemment en hurlant :

– Comment as-tu découvert mon secret ?

Ses yeux étaient déments, ses traits déformés par la colère.

– Dis-moi ! Comment l'as-tu découvert ?

– Je... je ne savais pas, avouai-je dans un bredouillement.

Mais, victime de sa folie, elle ne m'entendait pas.

– Ecoute, Jenny ! Je te dis que je ne savais rien ! Je ne savais rien !

Soudain, ses yeux s'écarquillèrent. Elle demeura un instant bouche bée, puis, comprenant son erreur, lança un hurlement strident avant de me pousser violemment en avant.

J'essayai de me retenir à la barre de sécurité, mais ma main ne saisit que du vide.

28

La chute fut si rapide que je n'eus pas le temps de crier. Les bâtons de ski s'échappèrent de ma main et, l'instant suivant, je m'écrasai sur la neige.

Morte.

Le mot s'imposa à mon esprit tandis qu'un voile noir m'enveloppait.

Frissonnant d'avance, j'attendais la douleur. Le froid s'insinuait en moi, me glaçait des pieds à la tête, mais je ne ressentais aucune souffrance.

Il se passait quelque chose d'étrange. Comment avais-je pu m'enfoncer si doucement dans la neige après une chute aussi rapide ?

Je bougeai mes membres l'un après l'autre, surprise de ne constater aucune contusion. Puis, rassurée, je levai la tête et regardai autour de moi.

C'est alors que je compris. Lorsque Jenny m'avait poussée, le télésiège était presque arrivé à destination, et ma chute n'avait pas excédé un mètre.

Les jambes en coton, je me mis à genoux. Mes skis, qui s'étaient déchaussés en touchant le sol, formaient un angle droit quelques mètres plus bas. Je me frottais la tête pour ôter la neige de mes cheveux quand j'entendis un hurlement rageur derrière moi.

– Jenny ! criai-je en me tournant juste à temps vers le haut de la pente pour voir ma « meilleure amie » foncer sur moi, son bâton levé à la hauteur de ma gorge.

29

Je roulai sur le côté. Le bâton s'enfonça dans la neige à quelques centimètres de mon visage.

Submergée de colère, j'en oubliai ma peur et bondis sur mes pieds.

– Jenny ! Arrête ! criai-je d'une voix étonnamment assurée.

Mais cela ne suffit pas à l'impressionner. Elle se rua de nouveau sur moi avec son bâton qui se ficha dans la manche de mon anorak. Je m'en débarrassai d'un coup d'épaule, mais elle revint immédiatement à la charge, criant et sanglotant à la fois, en proie à une véritable crise de démence.

Derrière nous, le télésiège continuait à tourner, dans un cliquetis continu de métal.

– Ça suffit, Jenny ! m'énervai-je en avançant d'un pas vers elle. Jette ce bâton.

– Non ! hurla-t-elle. Recule !

– Jette ce bâton, répétai-je d'un ton sans réplique.

Elle recula avec un grognement d'animal sauvage.

– Je n'ai pas le choix, April. Ne vois-tu donc pas que je n'ai pas le choix ?

Ignorant ses menaces et son bâton de ski dressé devant moi, je fis un autre pas vers elle. Puis un autre...

– Ça va aller, Jenny. Je vais t'aider et tout va s'arranger.

– Je n'ai pas le choix, murmura-t-elle de nouveau comme un automate. Pas le choix.

– Jenny, je t'en prie, écoute-moi. Retournons demander de l'aide au chalet. Je te promets que tout ira bien.

– Non ! Non ! Non ! hurla-t-elle en reculant à mesure que je m'approchais d'elle.

Je pouvais lire la peur dans ses yeux fous.

Elle fit un autre pas en arrière...

– Att... !

Avant que j'aie achevé ma phrase, sa tête heurta violemment le télésiège.

Sa bouche s'ouvrit sous la surprise mais aucun son n'en sortit. Assommée, elle tomba lourdement vers l'avant.

Je me précipitai vers elle.

– Ma tête... se plaignit-elle avec une grimace avant d'ajouter, l'air totalement perdue : Mon secret. Tu ne peux pas connaître mon secret.

L'ombre d'un skieur apparut près de nous. Je me retournai juste à temps pour voir Ken freiner.

– Ken ! m'écriai-je avec soulagement. Tu nous as suivies ! Comment savais-tu ?

Sans répondre, il s'approcha rapidement de Jenny qu'il aida à se relever.

– N'essaie pas de fuir, dit-il d'un ton ferme. Nous allons rentrer au chalet attendre la police.

Jenny hocha la tête. Vaincue. Abattue.

– Mon secret, continuait-elle à murmurer comme une enfant bornée. Tu ne connais pas mon secret.

– Ken, je pensais que tu ne savais rien ! m'exclamai-je avec étonnement. Comment as-tu... ?

– J'ai trouvé le stylo rouge dans la poche de mon anorak. Au début, je n'ai rien compris. Je ne voyais pas comment il avait pu arriver là. Mais cela m'a donné l'idée de jeter un nouveau coup d'œil à la lettre que nous avions trouvée dans la chambre de Dara. Il ne m'a pas fallu longtemps alors pour m'apercevoir que l'écriture ressemblait étrangement à celle de Jenny.

Ken me prit doucement le bras pour ajouter :

– Je suis désolé de ce qui s'est passé, April. Je t'ai appelée quand je t'ai vue partir avec Jenny, mais tu ne m'as pas entendu. Sur le moment, j'ai préféré ne pas insister. Je semblais te faire peur, et je me suis dit qu'après tout vous finiriez bien par revenir de vous-mêmes. Ce n'est que lorsque j'ai compris que Jenny avait écrit cette lettre que je me suis lancé à votre poursuite.

Il s'arrêta un instant et toussota, gêné, avant de demander :

– Dis, cela signifie-t-il qu'elle a tué Dara ?

Je hochai la tête.

– Elle l'a confondue avec moi, murmurai-je.

Il me regarda sans comprendre.

– Personne ne connaît mon secret, marmonnait Jenny. Personne.

Deux pisteurs en combinaison jaune passèrent près de nous, signe que les skieurs allaient bientôt envahir les pistes pour profiter de la neige fraîche et du tout nouveau soleil qui venait d'apparaître. Je songeai avec soulagement que le cauchemar était terminé.

– Tout a commencé avec le jeu de la vérité, indiquai-je à Ken avec un soupir. La vérité à découvrir était beaucoup plus effrayante que nous ne le pensions.

Ken m'examina un instant, pensif, avant de déclarer :

– La prochaine fois, April, opte pour le gage.

– La prochaine fois, répondis-je, je jouerai au Trivial Pursuit.

Déjà parus dans la collection Peur Bleue

R.L. STINE

Pari mortel - 4518/2
Dara a invité tous ses amis à passer un week-end à la montagne. Mais une tempête de neige bloque les routes et coupe les lignes téléphoniques. Les voilà coincés dans le chalet. Dara sort chercher du bois et ne revient pas. Un terrible huis clos commence...

La chambre condamnée - 4519/2
Lea vient d'emménager avec ses parents dans une vieille maison de Fear Street. Au grenier, une pièce est condamnée, où, dit-on, un meurtre aurait été commis... Lea y pénètre. Et trouve une petite fille, Catherine. Qui lui dit être un fantôme et lui propose de l'aider à se venger de ses camarades de classe trop cruels. Lea se laisse tenter. Mais, bien vite, elle perd tout contrôle de la situation.

La tombe sauvage - 4530/2
Ellie a toujours eu des visions. Depuis peu, ces visions la renvoient à la disparition de son amie Melinda : une main de squelette sortie de terre, un couteau ensanglanté qui lui tombe sur le cœur, une photo qui se déforme sous ses yeux, tous ces indices la terrifient. Que veut lui dire Melinda ?

Coupés du monde - 4534/2
Quatre copains partent seuls passer leurs vacances dans un magnifique hôtel un peu isolé. Quand ils arrivent à l'hôtel, il est fermé pour travaux. Seul y vit un vieil homme étrange qui les enjoint de rester pour participer à “la fête”. En vérité, une curieuse chasse à l'homme...

Halloween Party - 4623/2
La belle Justine organise une soirée Halloween dans son vieux manoir. Personne ne comprend pourquoi. Seules neuf personnes sont invitées. Toutes bien décidées à s'amuser. Ignorant que la fête n'est que le prétexte d'une terrible vengeance.

Dans la peau d'une autre - 4671/2
Nicole est mal dans sa peau, et accepte d'échanger de corps avec Lucy en sautant avec elle du mur magique de Fear Woods. Mais le jeu tourne bientôt au cauchemar ...

Malédictions - 1 - La trahison - 4768/2
1692, dans un petit village du Massachusetts. Susannah Goode et sa fille vont être brûlées vives pour sorcellerie ! Sur dénonciation de l'horrible Simon Fear qui veut la mort de toute la famille Goode...
Ainsi a commencé la malédiction de Fear Street qui, trois cents ans plus tard, frappe encore ceux qui vivent sur ces lieux...

Malédictions - 2 - Le secret - 4833/2
Deuxième volet des *Malédictions*. Au XVIIIe siècle, en Amérique, le vieil Ezra Fear revient s'installer dans le village maudit avec ses deux enfants, Jonathan et Abigail. Une petite voisine invite Abigail à venir jouer dans sa maison. Elle s'appelle Hester Goode et sa "maison" est une tombe...

Malédictions - 3 - Le brasier - 4896/2 (*avril 98*)
Pour échapper à la malédiction qui pèse sur sa famille, Simon Fear part s'installer à La Nouvelle-Orléans. Là, pour séduire Angelica, il tue ses deux soupirants... Ignorant qu'Angelica, férue de magie noire, est en fait responsable de ces morts. Les deux tourtereaux s'installent à Shadyside et engagent une servante, qui porte le nom de Goode...

4518

Photocomposition Assistance 44-Bouguenais
Achevé d'imprimer en Europe (Allemagne)
par Elsnerdruck à Berlin
le 25 mars 1998.
Dépôt légal mars 1998. ISBN 2-290-04518-7
1er dépôt légal dans la collection : février 1997
Éditions J'ai lu
84, rue de Grenelle, 75007 Paris
Diffusion France et étranger : Flammarion